消逝的虹影

—王世瑛文集

王世瑛 著
蔡登山 編

目次

《海濱故人》的四公子

上圖由左至右→1.《海濱故人》書影

2. 王世瑛

3. 陳定秀

下圖：程俊英（左）、盧隱（右）

上：

後排左四起：王世宜、施友忠、張君勱、王世瑛、王世真

前排兒童（左起）：張國康、張國瀏、張國超

下：

後排左起：阿姨、十三弟妹、王世瑛、王世宜、王世璋、張國瀏

前排左起：張小滿、張筱艾、王世瑛之母、王世瑛之父、張國康、張國超

上圖：王世瑛

下圖：王世瑛與張君勱

上：

後排：君勱

前排：國康、國超、世瑛抱小艾（於週歲時）、國瀏

1934於北京住宅前

中：

左起：王世圻（世瑛長弟）、張靄真（世圻夫人）、王彥和夫人、王彥和、王世瑛、王世宜

大致攝於上海1936年

下：

左起：小艾、國康、世瑛、小滿、國超

攝於1940年4月 上海

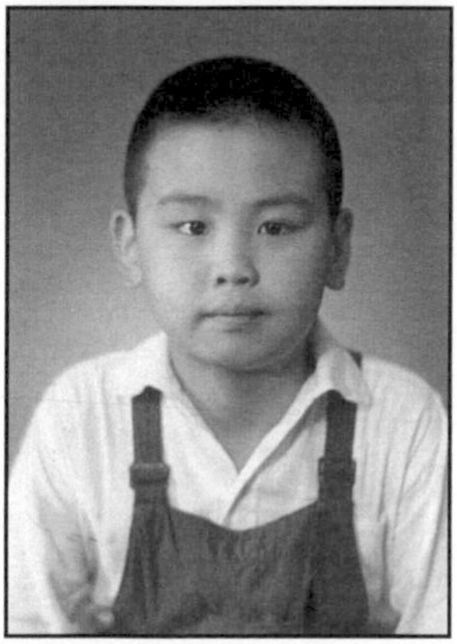

上：王世瑛及長女張筱艾

中：王世瑛長子張國瀏

下：

世瑛與中國文化書院之教職員合照（攝於雲南省大理）

（圖中西人為Mrs. De Bern Clair）

上圖：

左起：小艾、世瑛、君勱、小滿

攝於重慶汪山 1943年

下圖：張君勱晚年

消逝的虹影

蔡登山

「五四」反封建、反禮教，女子不再是「無才便是德」，受教育的機會大為提昇，因之「才女」跟著輩出，猶如潛沉已久的冰山，一時之間「浮出歷史的地表」。她們或出身於仕宦之家，或留學於異邦；她們上承古典閨秀，又別具西方新姿。她們經歷新舊交替的時代風雨，她們衝破了幾千年的沈悶死水，她們以其詠絮的健筆，幻化出絢爛繽紛的虹彩，形成新文學獨有而又讓人不可不看的一道風景。

這批所謂新文學的第一代女作家，後來為人所熟悉的有：陳衡哲、冰心、盧隱、林徽音、凌叔華、馮沅君、蘇雪林、石評梅、陸晶清等人。而她們很多都是從北京女子高等師範學校畢業的（它的前身為北京女子師範，一九一九年改為北京女子高等師範，一九二四年升格為北京女子師範大學。），因為當時它是唯一的一所國立女子高等學府，北京大學招收女生要晚到一九二〇年夏天。

在北京女高師作家群中，廬隱無疑地是享有盛名的。她的《海濱故人》是早期的成名作，也是新文學運動初期不可多得的中篇小說力作。這篇小說反映了幾位女大學生的思想感情與戀愛經歷，極為真實而細微。廬隱在求學期間，積極地參加了愛國運動，她與該校學生會主席王世瑛，文藝幹事陳定秀、程俊英結成了好友。這四位意氣風發的姑娘還以春秋戰國時的「四公子」自詡。而《海濱故人》就是以這四位女學生為原型的。

其實這四人還多是能文之士，王世瑛就曾以本名及好友冰心為她取的筆名「一星」，發表諸多文章。據筆者蒐集到的有：發表於一九二一年六月十日的小說〈心境〉（《文學旬刊》第四期）、發表於同年七月十日的論文〈怎樣去創作〉（《小說月報》第十二卷七號）、發表於七月二十日的小說〈不全則無〉（《文學旬刊》第八期）、發表於八月十日的小說〈二百元〉（《文學旬刊》第十期）、發表於八月三十日的小說〈出洋熱〉（《文學旬刊》第十二期）。另外還有發表於《晨報副刊》的長篇遊記〈旅行日記〉（從一九二二年七月七日──八月二十九日間，共連載三十二天），及發表於一九二三年十一月二十一日、十二月一日的赴日旅行而作的系列小詩〈東京行〉（《文學旬刊》第五十六、五十七期）。

與廬隱同為「文學研究會」成員的王世瑛，同樣要為「人生」而創作，但王世瑛更熱中於寫身邊的瑣事。她認為從「平常生活中取材」的作品，「才近情近理，村嫗都懂，而又耐人尋味」。因此她的小說已經擺脫古典小說注重故事情節的窠臼，她直接逼視故事人物的內心世界，沒有刻意編造的劇情，但確有著真實細微的觀察。例如〈不全則無〉是以兩個女孩子的論辯為事件，大量的對話，呈現女主角在感情上，寧「無」也不要「不全」，作者以淡墨淺繪的筆法，卻刻畫出複雜的思維之網，不能不佩服她筆力的遒勁。

而至於她高達五萬餘字的長篇遊記——《旅行日記》，除了是極為優美的遊記外，更是不可多得的研究二〇年代中日教育史的珍貴資料，它是王世瑛花了兩個月實際訪問考察的心得報告。據其夫婿張君勱言，「及畢業，遊於日本，所作遊記，在北京晨報，一時傳頌。」而當時王世瑛還只不過是個雙十年華的師範畢業生，我們不能不訝然其早慧的才華。

一九二五年，她和張君勱結婚，惜乎！她從此「相夫教子」而不再寫作。她贏得「賢妻良母」的美名，而文壇卻從此少了一位寫手。更可惜的是，她這些已發表的作品，也跟隨塵封八十餘年！在文學史上見不到她的名字，更遑論有人會對其作品作研究，她成為現代文學裡一閃即逝的過客，在暮色蒼茫中，人們甚至還來不及看到她的身影。因此編定這本文集，是有其特殊意義的。在當時「寥若晨星」的新文學女作家中，她是其中的「一星」，而且是閃亮的一星！只是人們忘卻她近乎一個世紀了！文集的首度出版，將讓這「消逝的虹影」，重回人們的記憶！讓早被遺忘的身影，再度「浮出歷史的地表」！！

海濱有故人——記王世瑛與鄭振鐸的初戀情緣

蔡登山

《海濱故人》是女作家廬隱的成名作，也是新文學運動初期不可多得的中篇小說力作。它發表於一九二三年十月十日及十二月十日的《小說月報》第十四卷第十號及十二號上，一鳴驚人。

廬隱本名黃英，一八九九年生於福建閩侯（今福州市）。她出生時恰好外祖母去世，母親以為不祥，從此由奶媽帶養，母愛頓失。父親又在她六歲病死，她倍遭家人歧視，性情抑鬱，落落寡歡。少女時期她愛看徐枕亞的《玉梨魂》，蘇曼殊的《斷鴻零雁記》之類的傷感小說，這就造成她日後作品的偏向傷感而濃情的風格。一九一六年，她十八歲，中學畢業了。但當時還沒有女子大學，別的大學又不開女禁，暫時不能繼續升學。母親希望她工作以貼補家用，於是她先後在北京女中、安慶女師附小、開封女師任教。一九一九年秋她考入北京女子高等師範學校。從一九二〇年起廬隱發表了大量的雜論、小說與散文。

《海濱故人》這篇小說反映了幾位女大學生的思想感情與戀愛經歷，極為真實而細微。廬隱的知心友人劉大杰就在〈黃廬隱〉一文中指出：「《海濱故人》是廬隱前半生的自傳，露沙就是廬隱自己。」廬隱在北京女子高等師範學校求學期間，積極地參加了愛國運動，她與該校學生會主席王世瑛、文藝幹事陳定秀、程俊英結成了好友。這四位意氣風發的姑娘還以春秋戰國時的「四公子」自詡。而《海濱故人》就是以這四位女學生為原型的。其中露沙是廬隱的化身，而雲青、玲玉、宗瑩則分別是王世瑛、陳定秀、程俊英諸好友。她們都在「五四」新思潮的影響下，探索著人生的意義和理想，也都追求著個性的自由與美滿愛情。她們的思想和行動，都不同程度地受到了家庭與社會的阻撓和反對。玲玉和宗瑩雖然與自己所愛的人結成了伴侶，但事前卻都經歷過齟齬與抗爭，雲青則捨棄了心裡所愛的趙慰然，而成為了家庭、禮教的犧牲品。露沙並不滿意她們三位的歸宿，她本人後來就與梓青結伴，雲遊四海，不知所往了。

而據學者陳福康指出，《海濱故人》中雲青（王世瑛）所喜歡的趙慰然，是確有其人的，他就是新文學史鼎鼎大名的鄭振鐸。鄭振鐸與廬隱、王世瑛等人，當年都是旅京福建籍學生。鄭振鐸一八九八年生，福建長樂人。一九一七年入北京鐵路管理學校學習。王世瑛則為福州人，一八九七年生，一九一七年至一九二二年就讀於北京女子高等師範學校國文專修科，兩年後改為國文部。王世瑛與小她三歲的冰心還曾為福州女子師範前後期的學生。冰心在一九四五年寫的〈我的良友——悼王世瑛女士〉文中就這麼回憶道：

世瑛和我，算起來有三十餘年的交誼了，民國元年的秋天，我在福州，入了女子師範預科，那時我只十一歲，世瑛在本科三年級，她比我也只大三四歲光景。她在一班中年紀最小，梳辮子，穿裙子，平底鞋上還繫著鞋帶，十分的憨嬉活潑。因為她年紀小，就常常喜歡同低班的同學玩。她很喜歡我，我那時從海邊初到城市，對一切都陌生畏怯，而且因為她是大學生，就有一點不大敢招攬，雖然我心裏也很喜歡她。我們真正友誼的開始，還是「五四」那年同在北平就學的時代。

那年她在北平女高師就學，我也在北平燕京大學上課，相隔八九年之中，因著學校環境之不同，我們相互竟不知消息。直到五四運動掀起以後，女學界聯合會，在青年會演劇籌款，各個學校單位都在青年會演習。我忘了女高師演的是什麼，我們演的是莎士比亞的《威尼斯商人》。預演之夕，在二三幕之間，我獨自走到樓上去，坐在黑暗裏，憑欄下視，忽然聽見後面有輕輕的腳步，一隻溫暖的手，按著我的肩膀，我回頭一看，一個溫柔的笑臉，問：「你是謝婉瑩不是？你還記得王世瑛麼？」。昏忙中我請她坐在我的旁邊，黑暗的樓上，只有我們兩個人，我們都注目臺上，而談話卻不斷的繼續著。她告訴我當我在臺上的時候，她就覺著面熟了，她向燕大的同學打聽，證實了我是她童年的同學，一閉幕她就走到後臺，從後臺又跟到樓上……她笑了，說這相逢多麼有趣！她問我燕大讀書環境如何，又問「冰心是否就是你？」那時我對本校的同學，還沒有公開的承認，對她卻只好點了點頭。三幕開始，我們就匆匆下去，從那時起，我們就成了最密的朋友。

那時我家住在北平東城中剪子巷，她住在西城磚塔胡同，北平城大，從東城到西城，坐洋車一走就是半天，大家都忙，見面的時候就很少。然而我們卻常常通信，一星期可以有兩三封。那時正是「五四」之役，大家都忙著討論問題，一切事物，在重新估定價值的時候，問題和意見，就非常之多，我們在信裏總感覺得說不完，因此在彼此放學回家之後，還常常通電話，一說就是一兩個鐘頭。我們的意見，自然不盡相同，而我們卻都能容納對方的意見。等到後來，我們通信的內容，漸漸輕鬆，電話裏也常常是清閒的談笑，有時她還叫我從電話中彈琴給她聽，我的父親母親常常跟我開玩笑，說他們從來沒有看見我同人家這樣要好過，父親還笑說，「你們以後打電話的時間要縮短一些，我的電話常常被你們阻斷了！」。

我在學校裏對誰都好，同學們也都對我好，因而也沒有什麼特別的「朋友」。世瑛就很熱情，除了同誰都好之外，她在同班中還特別要好的三位朋友，那就是黃英（廬隱），陳定秀，和程俊英，連她自己被同學稱為「四君子」。文采風流，出入相共，……廬隱在她的小說《海濱故人》裏，把她們的交誼，說得很詳細——世瑛在「四君子」之中，是最穩靜溫和的，而世瑛還常常說我「冷」，說我交朋友的作風，和別人不一樣。我常常向她分辯，說我並不是冷，不過各人情感的訓練不同，表示不同，我告訴她我軍人的家庭，童年的環境，她感著很大的興趣……

然而我們並不是永遠不見面。中央公園和北海在我們兩家的中途，春秋假日，或是暑假裏，我們常帶著弟妹們去游賞——我們各有三個弟弟，她比我還多兩個妹妹——小孩子奔走跳躍的時候，我們就坐在水榭或漪瀾堂的欄旁，看水談心。她磚塔胡同的家，外院有個假山，我們中剪子巷的門口大院裏，也圈有一處花畦，有石凳秋千架等，假山和花畦之間，都是我們同遊攜手之地。我們往來的過訪，至多半日，她多半是午飯後才來，黃昏回去，夏天有時就延至夜中。我們最歡喜在星夜深談，寫到這裏，還想起一件故事：她在學生會刊物上寫稿子，用的筆名是「一息」，我說「一息」這兩字太衰颯，她就叫我替她取一個，我就擬了「一星」送她，我生平最愛星星，因集王次回的「明明可愛人如月」，和黃仲則的「一星如月看多時」兩句詩，頌贊她是一個可愛的朋友，她欣然接受了。直至民國十二年我出國時為止，我們就這樣談而詠的往來著。

鄭振鐸和王世瑛的認識，也是因為參加「五四」運動後而相識的。據當事人之一的程俊英的〈回憶鄭公二三事〉文中說：

一九一九年十一月底的某日，下午一時許，我與黃廬隱、王世瑛、陳璧如、劉婉姿、錢丞走出校門，……參加福建同鄉會。……我們剛坐下來，只見一位身穿舊藍布長衫、戴眼鏡高鼻子男青年走過來，沒人介紹，就大聲地說：「暗天無日，太令人氣憤了！日本鬼子，賣國賊，真該死！今天會議，就討論這個問題。日本鬼子在福州開槍逞凶，並調動軍艦以武力威脅，激起中國人民無比憤慨，尤其是我們福建學生，義憤填膺。……」這位青年充滿激情而扭怩的紅潤臉色，引起了坐在我身旁世瑛的注意，她拉我的衣襟輕輕地問：「他是誰？」。……只見剛才那位戴眼鏡高鼻子的青年，又慷慨激昂、大聲疾呼地說：「是可忍孰不可忍！我們福建同學要按照五四的辦法，再接再厲地干預國政。我建議辦一個刊物，你們贊成嗎？」。……靠在南邊窗前的鄭天挺和許地山也表示贊同。隨後黃廬隱、王世瑛相繼發言，全場頓時鴉雀無聲，幾十對炯炯的眼睛，都集中她們身上。

那是因為女子參政，和男子一同開會發言，在當時來說，還是剛剛開始不久的事。站在我附近的高士奇（當時北京某中學學生，與我相識），悄悄地和我耳語：「第一個發言的是鐵路管理學校的鄭振鐸，第二個是北大哲學部學生郭弼藩（字夢良，後與黃廬隱結婚），第三個許地山，你認識的。他們在北京學生聯合會也經常發言。鄭兄的發言，最富激情，帶有煽動性，大家都喜歡他、敬佩他；他和弼藩還經常在刊物上發表文章。」……回校時，我仍和世瑛同坐一個人力車，我對她說：「今天的會，充滿了愛國的氣氛，很有意義。以前我們禁錮在石駙馬大街的紅樓上，過著二千多年前男女授受不親的生活，太閉塞了。五四運動才打開了我們的眼界，又接觸了這麼多的男學生，你有什麼感想？」。她說：「可惜只有我校六人參加今天的會，培華女校沒有人來。發言的多是優秀人才，鄭振鐸的愛國熱情和對同鄉的關心，很使我感動。」到校天色已晚，正是工友搖鈴吃晚飯的時間。第二天傍晚，看門的老伯伯向著我們的教室高聲喊：「王世瑛小姐，快下樓來，有位姓鄭的來找你。」從這以後，振鐸經常與我們通訊來往。上次他提議倡辦的刊物，後仿照清末革命刊物《浙江潮》之名，取名《閩潮》，油印出版，振鐸是積極撰稿者之一。……

在學生運動中，世瑛與振鐸的關係，好像越來越密切了，遂引起我們的注意，有一天，我和廬隱、定秀三人，靠在會客室門外，想偷聽振鐸和世瑛談心。他倆卻站著相對凝神。不久，振鐸張口說話，但聽不清他說的是什麼。天氣嚴寒，院子裡刮著颼颼大風，我們只得回到教室烤火。一會兒，世瑛也回教室，我們爭著問：「鄭對你說什麼？」她吞吞吐吐說：「他向我……求愛，要求我……表示態度。」「你怎麼回答呢？」我們又問。「他對我的誠懇、真摯，確實令人感動；但此事必須和我的雙親商量，才能決定。我當時只將這個意思告訴他。」

一九二〇年年底，鄭振鐸已通過畢業考試並被分配到滬杭甬鐵路上海南站去當練習生。可能由於「文學研究會」事務的牽絆（案：「文學研究會」成立於一九二一年一月四日，鄭振鐸為十二位發起人之一，廬隱、王世瑛均為會員），他延至一九二一年三月才離開北京到上海就業。臨行前他曾向王世瑛告別，就匆匆而去了。但只工作一個月，他就離開鐵路局，應聘擔任上海《時事新報》副刊〈學燈〉的編輯。〈學燈〉是《時事新報》上最受知識界歡迎的副刊。鄭振鐸在編〈學燈〉的同時，他開始籌備「文學研究會」的會刊——《文學旬刊》。同年四月二十三日，《時事新報》鄭重宣告推出《文學旬刊》。五月，他又因沈雁冰（茅盾）之介紹，進入商務印書館編譯所工作。

這期間，身為「文學研究會」成員的王世瑛，也以本名及冰心幫她取的筆名「一星」，在《文學旬刊》上發表文章。計有：發表於一九二一年六月十日的小說〈心境〉（《文學旬刊》第四期）、發表於七月二十日的小說〈不全則無〉（《文學旬刊》第八期）、發表於八月十日的小說〈兩百元〉（《文學旬刊》第十期）、發表於八月三十日的小說〈出洋熱〉（《文學旬刊》第十二期）及發表於一九二三年十一月二十一日、十二月一日的赴日旅行而作的系列小詩〈東京行〉（《文學旬刊》第五十六、五十七期）。另外還有發表於《晨報副刊》的長篇遊記〈旅行日記〉（從一九二二年七月七日——八月二十九日間，共連載三十二天）。王世瑛在投稿《文學旬刊》時，必然與後來成為主編的鄭振鐸有不少的書信往來。

在這期間，鄭振鐸又透過廬隱，請她再去問世瑛，做個正式的表態，據《海濱故人》的敘述，廬隱是寫了信給了世瑛，信中說：

雲青：

人間譬如一個荷花缸：人類譬如缸裡的小蟲，無論怎樣聰明，也逃不出人間的束縛，……蔚然對於你陷溺極深，我到上海後，見過他幾次，覺得他比從前沉悶多了。每每仰天長嘆，好像有無限隱憂似的。我屢次問他，雖不曾明說什麼，但對於你的渴慕仍不時流露出來。雲青！你究竟怎麼對付他呢？你向來是理智勝於感情的，……對於蔚然的誠摯，能始終不為所動嗎？況且你對於蔚然的人格曾表示相信，那麼你所以拒絕他的，豈另有苦衷嗎？……

按說我的為人，在學校裡，同學都批評我極冷漠寡情，其實人間的蟲子，要想作太上的忘情，只是矯情罷了！不過有的人喜歡用情——即世上所謂的多情——有的不喜歡用情，一旦若是用了，更要比多情的深摯得多呢？我相信你不是無情，只是深情，你說是不是？

王世瑛對鄭振鐸其實是十分愛慕的，但卻因父母的反對，以及她本人缺乏廬隱那種反抗情神，而讓此一戀情，以悲劇收場。程俊英在回憶鄭振鐸的文中就說：「世瑛的雙親聽說振鐸的寡母在溫州做針線活度日，實在太窮了，因此不同意鄭家的親事。世瑛又轉述她媽媽的話說：『王家在福建是有名的世家，既有恒產，代代為官作宦；你的父親是教育部的主事，你自己又是個大學生，鄭絕不是我理想的門當戶對的佳婿，你不要再和他來往了。』世瑛說著並徵求我們的意見，盧隱說：『父母之命、媒妁之言的時代已經過去了，婚姻自主，李超就是我們的好榜樣！』……我和定秀聽了盧隱的話，都異口同聲地讚同。這不免增加了世瑛的心裡矛盾和痛苦。」

當然更痛苦的是鄭振鐸，我們看《海濱故人》中趙蔚然與露沙的一段對話，當可明白其中的景況：

> 這時已是黃昏了，西方的艷陽餘輝，正射在玻璃窗上，由玻璃窗反折過來，正照在蔚然的臉上，微紅而黑的兩頰邊，似有淚痕。露沙很奇異的問道：「現在怎麼樣？」蔚然淒然說：「不知道為什麼，這幾天心緒惡劣，要想到西湖，或是蘇州跑一趟，又苦於走不開。人生真是乾燥極了！」露沙只嘆了一聲，彼此緘默約有五分鐘，蔚然才問露沙道：「雲青有信嗎？」……露沙說：「雲青前幾天有信來，她曾叫我勸你另外打主意，她恐怕終久叫你失望……她那個人做事十分慎重，很可佩服，不過太把自己犧牲了！……你對她到底怎樣呢？」蔚然道：「我對於她當然是始終如一，不過這事也並不是勉強得

來的，她若不肯，當然作罷。但請她不要以此介介，始終保持從前的友誼好了。」露沙說：「是呀！這話我也和她談過，但她說為避嫌疑起見，她只得暫時和你疏遠，便是書信也擬暫時隔絕，等到你婚事已定後，再和你繼續前此友誼……我想雲青的心也算苦了。她對於你絕非無情，不過她為了父母的意見，寧可犧牲她的一生幸福……雲青曾說對於你無論如何，終覺抱歉，因為她固執的緣故，不知使你精神上受多少創痕，……但是她也絕非木石，所以如此的原因，不願受人訾議罷了。……」蔚然點頭道：「暫且不提好了。」

一九二二年三月三日，鄭振鐸陪俄國盲詩人、童話作家、世界語學者——愛羅先珂，到王世瑛的母校女子高等師範去講演，他見到了王世瑛。一個月後鄭振鐸發表了〈旅舍中之一夜〉的新詩，據學者陳福康指出，那是寫一個月前他要見王世瑛的前一晚的心情，詩云：

明天便將相見了。
想著，心便緊跳著，切望著。
是鬱悶厭倦的長夜；
睡吧，夜很長的。
但是心緊跳著呢！

切望——這把我牽住了。
幾回起身向窗外探望，
無邊的夜，依舊，依舊。
光亮的只是室內的燈。
睡吧，夜很長的。
但是心緊跳著呢！
切望——這把我牽住了。

但這次的見面，並沒有為鄭振鐸帶來轉機，他陸續寫下了〈楓葉〉、〈思〉、〈往事〉、〈憂悶〉、〈痛苦〉、〈空虛的心〉等詩，來表達他此刻失戀痛楚的心情。他雖說：「往事如夢，／夢到淒苦處便醒了。／醒了——／莫再提吧！」。但實際上他無法如此灑脫的，他常常借酒澆愁的。他後來在悼念許地山和謝六逸的文章中就說到當年的景況，他說：「我那時心緒很惡劣，每每借酒澆愁，酒杯到手便乾。常常買了一瓶葡萄酒來，去了瓶塞，一口氣咕嘟嘟的全都灌下去。有一天，在外面小酒店裡喝得大醉歸來，他們倆好不容易地把我扶上電車，扶進家門口。一到門口，我見有一張藤的躺椅放在小院子裡，便不由自主地躺了下去，沉沉入睡。第二天醒來，卻睡在床上。原來他們倆好不容易又設法把我抬上樓，替我脫了衣服鞋子。我自己是一點知覺也沒有了。」

謝六逸和鄭振鐸同齡，他們不僅同在商務編譯所工作，又同住在一幢宿舍樓。除此而外，謝六逸又主持神州女中（案：商務印書館出資辦的學校）的教務，鄭振鐸在一九二二年底也去那裡兼課。而正當他以超量工作來沖淡失戀的痛苦時，一位十分文靜、眉清目秀的女學生，有如一道潔白的聖光，在不知不覺中闖進了他憂悶的眼簾，她就是高君箴——商務印書館元老高夢旦的幼女。其實鄭振鐸與高夢旦的結識早在一九二〇年十月，後來在鄭振鐸進入商務印書館後，兩人接觸交往更多，鄭振鐸尊敬高夢旦，高夢旦也賞識鄭振鐸。

關於鄭振鐸和高君箴的初相見，鄭振鐸的兒子鄭爾康在《石榴又紅了——回憶我的父親鄭振鐸》一書中有這樣的描述：

一九二二年舊曆年過後，上海神州女子學校新學年開始了。這天，畢業班上國文課時，教務主任謝六逸引進了一位身材頎長，穿一身灰色西裝，面目清秀，鼻樑上架著一副深度近視鏡的年輕教師，向大家介紹道：這位是鄭振鐸先生，本學期由他來擔任畢業班的國文課。當時我的母親高君箴正是這個班的學生。年輕的鄭先生學識豐富，講起課來侃侃而談，如開閘之水。尤其講到古典小說《水滸》、《三國》等時，更是滔滔不絕，分析精闢，達到出神入化的境地，緊緊扣住了每個學生的心弦，更使母親對他產生了欽慕之情。

說來也巧，這年暑期，商務印書館編譯所長高夢旦先生攜幼女高君箴去莫干山避暑，路經杭州時，與鄭振鐸不期而遇。那時商務印書館在莫干山長期包有休養所，路上相遇，不足為怪。使母親感到奇怪的是，這位鄭先生從杭州艮山門起，就一直緊隨在她身後。乘車、坐船，寸步不離。沿路的風光不壞，江南的初夏原是一副天上樂園的景色，儼然是一幅田園風光的水墨畫，加之鄭先生溫文爾雅的舉止，詩一般楚楚動人的言辭，深深地陶醉了一顆少女的心……

事後，母親才明白，原來這是外祖父夢旦先生特意安排的一次「相親」，媒人就是謝六逸先生。回到上海，這樁親事就算訂下了。但是，此事卻遭到了高氏族人們的反對，他們紛紛來指責高夢旦，理由就是「門第」太懸殊。原來高、鄭兩家雖是長樂同鄉，但高家世代為宦，家財豪富，而鄭家先祖門第卑微，鄭振鐸也不過是個窮書生而已……然而，夢旦先生卻選定了這個乘龍佳婿，他對族人們的回答是：窮，不怕，我的女兒要嫁的是年輕有為的人，而不是錢！

鄭振鐸後來就請自己的族祖鄭貞文（心南）向高家說媒提親。高夢旦父女沒有太多的考慮便同意了。到一九二三年七月，高夢旦有一次在家中宴請郭沫若，鄭振鐸和高君箴一起作陪，郭沫若猜想，這便是婚約的披露。同年十月十日，他們在上海一品香飯店舉行婚禮。

程俊英在回憶文章中說：「不久，先父程樹德教授告訴我：『王世瑛的朋友鄭振鐸，被商務印書館編輯所所長高夢旦看中，招做女婿，鄭貞文當介紹人，已經結婚了。北京教育界的同鄉，傳為佳話。』有一天，世瑛到我家來，說鄭有信來，通知她已和高君箴女士結婚。語意悵悵，沉默久之，相對無言，如有所失。最後我說：『父母之命與自由戀愛不能兩全，這是必然的結果。既是您的雙親不允，振鐸亦只得如此。』她點頭怏怏而歸。」

一九二三年秋天，在北京籌備印度詩人泰戈爾訪華的招待會上，經郭夢良和廬隱的介紹，王世瑛認識了張君勱。（案：據王世瑛的弟弟王世憲說，原始的介紹人應該是他們的同鄉兼世交的北大教授林宰平，廬隱與郭夢良可說是在林宰平提出後的促成介紹人。）張君勱是著名的思想家、哲學家、政治學家，是徐志摩的妻舅，張幼儀的哥哥。他早年奉父母之命與沈氏有過婚約，但夫妻之間缺少共同語言和興趣，婚姻在很大程度上不過是種名義而已。因此當認識王世瑛之後，不禁萌發愛慕之情。據王世瑛所撰的《張君勱先生年譜》云，次年「六月十三日始與瑛情書往來。瑛於是時，率閩女師學生到滬，第一次相晤於張宅。後瑛往寧杭參觀，再返滬，已七月十一日。時學院（案：國立自治學院）經費正為人否決，在奮鬥中，然不忘日日聚晤。約旬日，瑛返里。」年屆不惑的張君勱終於嚐到戀愛的滋味，他在一封情書中寫道：「以孔德、柏格森、倭伊鏗、愛因斯坦為例，頗希望有賢內助。世瑛，世瑛，我所思所書，得與君一一講習討論，我之幸運為何如哉！」。一九二五年張君勱與原配沈氏離婚後，與王世瑛結婚了。

冰心在〈我的良友——悼王世瑛女士〉文中，也提到兩人結婚之事，但在時間上記憶有誤，冰心說：

在十三年（案：一九二四年）的春天，我在美國青山養病，忽然得到她的一封信，信末提到張君勱先生向她求婚，問我這結合可不可以考慮，文句雖然是輕描淡寫，而語意是相當的懇切。我和君勱先生素不相識，而他的哲學和政治的文章，是早已讀過，世瑛既然問到我，這就表示她和她家庭方面，是沒有問題的了，我即刻在床上回了一封信，竭力促成這件事，並請她告訴我嘉禮的日期。那年的秋天，我就接到他們結婚的請柬，我記得我寄回去的禮物，是一隻鑲著橘紅色寶石的手鐲。

婚後兩人感情甚篤，王世瑛在文字上和思想上成了張君勱的得力助手。張君勱在翻譯英國政治學家賴斯基的名著——《政治典範》的譯者側言中就這樣寫道：「譯書之苦，在譯者拘於原文字句，不欲稍有出入，而讀者轉覺其意義晦塞，文字生澀。本書每章譯成，請內子釋因（案：王世瑛的筆名）先讀，認為文義不顯豁者即加筆削，賴氏於序中聲明得夫人之助，我亦之然。」為了感謝夫人的「校稿之勞」，張君勱在《政治典範》譯本的扉頁上，寫下了「謹以此書獻於釋因女士」幾個大字。而冰心在回憶的文章亦說：

> 民國十六年以後，我的父親在上海做事，全家都搬到上海來。年假暑假我回家的時候，總是常到他們家裏，世瑛又做了兩個，三個孩子的母親，她的敦厚溫柔，更是有增無減，同時她對於君勱先生的文章事業，都感著極大的興趣，盡力幫忙。我在一旁看著，覺得我對於世瑛的敬愛，也是有增無減！她在家是個好女兒，好姐姐，在校是個好學生，好教師，好朋友，出嫁是個好妻子，好母親，這種人格，是需要相當的忍耐和不斷的努力，她以永恆的天真和誠懇，溫柔和坦白來與她的環境周旋，她永遠是她周圍的人的慰安和靈感！

二〇〇〇年六月，筆者在北京拜訪鄭爾康先生，談話中他特別提到父親的這段初戀情緣，並把他寫入了《石榴又紅了》一書中。他說，抗戰初期，張君勱已去重慶，而王世瑛則暫住在上海杜美路的娘家。當時蟄居在上海的鄭振鐸有一天去找程俊英，談起往事，鄭振鐸說：「我很想念世瑛，你能陪我去她家敘敘舊嗎？」程俊英也想去看望老同學，於是次日下午兩人便一同到了王家。闊別二十年，雙方內心的酸楚自不待言。鄭振鐸的神情舉止和當年在北京時沒什麼變化，所不同的是，當年的窮學生，如今已是名教授；而王世瑛也已是一位雍容華貴的闊太太了。她邊讓座倒茶，接著又端出一盤新鮮龍眼說：「嚐嚐家鄉的香片和龍眼吧，藉表多年的鄉（相）思！」一語雙關，勾起鄭振鐸久埋心底的情愫，他喝著茶，慢慢地說：「香片、龍眼味道年年都一樣，人卻變了！」這時傭人又端出三碗紅豆蓮子湯，程俊英開玩笑地說：「相思豆配蓮（憐）子的點心，點了你的心！」「別開玩笑了，快吃吧！」王世瑛淒然而強做微笑說。良辰苦短，談著、吃著，已近黃昏，鄭振鐸只得向王世瑛依依握手告別。此後，程俊英又多次陪鄭振鐸去王家，不久王世瑛被丈夫接去重慶，他倆就斷了音訊。

一九四五年三月間，王世瑛在重慶因難產而致死，冰心在回憶文章說：

今年三月初，我到重慶去，聽到了世瑛分娩在即的消息。她前年曾夭折了她的第三個兒子——小豹——如今又可以補上一個小的，我很為她高興。那時君勱先生同文藻正在美國參加太平洋學會，我便寫信報告文藻，說君勱先生又快要做父親了，信寫去不到十天，梅月涵先生到山上來，也許他不知道我和世瑛的交情罷，在晚餐桌上，他偶然提起說，「君勱夫人在前天去世了，大約是難產。」我突然停了箸，似乎也停止了心跳，半天說不出話來。我一夜無眠，第二天一早，就分函在重慶的張肖梅女士（張禹九夫人）和張靄真女士（王世圻夫人）詢問究竟。我總覺得這消息過於突然，三十年來生動的活在我心上的人，哪能這樣不言不語的就走掉了？我終日懸懸的等著回信，兩封回信終於在幾天內陸續來到，證實了這最不幸的消息！靄真女士的信中說：「……六姐下山待產已月餘，臨產時心臟衰疲，心理上十分恐懼，產後即感不支，醫師用盡方法，終未能挽回，嬰兒男性，出生後不能呼吸，多方施救，始有生氣，不幸延至次日，又復夭折……現靈柩暫寄浙江會館……君勱旅中得此消息，傷痛可知，天意如斯，夫復何言……」。肖梅女士信中說：「……二家嫂臨終以前，並無遺言，想其內心痛苦已極，惟有以不了了之……」。我不曾去浙江會館，我要等著君勱先生回國來時，陪他同去。我不忍看見她的靈柩，惟有在安慰別人的時候，自己才鼓得起勇氣！我給文藻寫了一封信，「……二十年來所看到的理想的快樂的夫婦，真是太希罕了，而這種生離死別的悲哀，就偏偏降臨在他們的身上，我不忍想像君勱先生成了無『家』可歸的人！假如他已得到國內的消息，你務必去鄭重安慰他……」。六月中，肖梅女士來訪，她給我看了君勱先生輓世瑛的聯語，是：「廿年來艱難與共，辛苦備嘗，何圖一別永訣！六旬矣報國有心，救世無術，忍負海誓山盟！」」。她又提到君勱先生赴美前夕，世瑛同他對斟對飲，情意纏綿，弟妹們都笑他們比少年夫妻，還要恩愛，等到世瑛死後，他們都覺得這惜別的表現，有點近於預兆。

張君勱在美聞知夫人去世的噩耗，他「傷心慘絕」，為失去這樣一位於自己「非徒夫婦，實誼兼朋友」的「賢內助」而痛苦不已。而在上海的鄭振鐸由於是蟄居，不通消息，直到六月八日他才獲知此一噩耗，他在當天的日記上寫下了：「聞世瑛君逝世訊，愕甚！前塵往事，不堪思量。」的字句。

一九四六年底，王世瑛的靈柩自重慶運回上海，十二月二十九日安葬於真茹鄉橫塘先人墳上。儘管當時張君勱正忙於領導民社黨參加制憲國民大會，但他還是抽空寫下情真意摯的悼文——〈亡室王夫人告窆述略〉，文中細寫二十年來王世瑛因他而歷經四次大患難，出入艱難困頓之中，憂傷憔悴幾近於死的過程，感人至深。因原文過長，僅引其中幾句，可見一斑：

曹植之賦曰：入空室而獨倚，對床幃而切嘆，人亡而物在，心何忍而復觀，此正我於役美洲，聞夫人與世長辭，傷心慘絕之感想也。自結褵以來，相處二十年，……夫人雖參加五四運動，習聞婚姻自由之說，然我執其手求婚之日，夫人之羞澀，不能出口，至今在我心目之中。孰知遲我生十三年之夫人，竟撒手以去！令我煢煢獨處，我其何能無蠟盡淚乾之痛乎？……夫人之性格，真屈子所謂內美之遺也。我之不與夫人偕老，命實為之，復何言哉？……

由於對王世瑛的情深，張君勱在喪妻後，終身並沒有再娶，他滿懷對王世瑛的無限思念而孤獨地走完斜陽餘生。一九六九年二月二十三日，他以八十三歲高齡，在美國舊金山柏克萊療養院以胃疾病逝。這是後話。

王世瑛的追悼會，據程俊英表示，鄭振鐸和她都去參加祭奠，「在嚴肅悲哀的氣氛中，大家不免揮淚。此後，每隔一段時間，鄭公必購鮮花一束，到世瑛墓前祭奠，祭畢，必到我家，並且說：『此事不必與他人道呀，他們是不理解的。』」。

鄭爾康還說道，解放後，他們全家遷到北京。父親每次到上海辦事，就總要抽空去王世瑛墓前獻花。他最後一次去上海是一九五六年底，他冒著嚴寒，又去王世瑛墓前獻花。而這以後，人們再也沒有見到過這個或穿長袍或著西裝，手拿一束鮮花，默默地在公墓的小徑走著，走著的中年男子的身影了。……只因在一年多以後（一九五八年十月十七日），鄭振鐸率「中國文化代表團」赴阿富汗和阿拉伯訪問，次日，代表團乘坐的飛機在卡納什上空失事墜毀，乘客和機組人員全部罹難，鄭振鐸亦以身殉職。當時鄭振鐸年僅六十歲，他是中國近代著名的文學家、文學史家、又是一位傑出的文獻學家、藝術史家、考古學家、編輯出版家和藏書家。他的意外去世，讓國人及國際友人感到痛失英才，國際文化界也無不感到震驚與惋惜！

三十年過後的一九八八年十二月十七日，冰心還抱病寫下懷念好友的詩句：

他是我在「五四」時期最早認識的人！
他是給我介紹最多朋友的人！
他是藏書最多的人！
在我病中他是借給書最多的人！
他是讓他的女兒叫我做「乾娘」的人！
他是我的朋友中死得最倉猝的人！
他是我和文藻常常悼念的人！
他是中國的愛國的文化人可永誌不忘的人！

怎樣去創作

在現在中國新文學剛剛萌芽的時代，各種文藝創作品中，短篇小說可算最盛。偶而看到一兩篇很滿意底小說，覺得他們所寫底景真情摯，使人悲歌讚嘆，如身入其境；卻都是眼前淺近事實，我們耳目所及，感想得到底；不過他們先得我心，把他實寫出來罷了。人人都有經驗，都有感想，祇要筆墨寫得出來，便是小說；那麼，小說創作不是不難了？可是實際不然；現在就我的感想寫一點在下面罷：

一篇小說的可貴不在實，在事實底描寫可以動人。非常底事實，起非常底情感，拿非常底筆墨表現出來，固然不難使讀者也動強烈底情感。但是這種非常事實，不是人生常態；有了時也容易受人注意，用不著描寫底工夫。最好是就平常生活中取材料——常人所注意不到底，經文藝寫出，卻都有至情至理發現出來——這種描寫最容易平淡，容易沒有精采，不能感動人，然而也唯是這種的小說，方才近情近理，村嫗都懂；而又耐深味。

敘述許多事實，成為一篇小說，要使讀者起或種情感，像我們自己所感底，必定我們自己對於這件事實，先有濃厚真摯底同情，很自然地表現出來，才能深入人心。但是，我們感情狀態是變化不居底，往往臨事發感，事過情遷；對於某種事實，起某種情感——那時候底心理狀態，和生理狀態如何——追憶起來，很難保其不變之度。那麼，怎樣能夠在文藝上再現，使字裏行間，無形地流露出來呢？許多小說，關於這種描寫，有時太過——譬如事實原來平常，而所發情感太激烈了——有時不及——很動感底事實，卻平淡置之——自然都不算是好小說！非得精心體會，鄭重下筆不可。

做小說很要緊的是「想像」，「想像」是真實底設想，和幻想迴然不同，所以「想像」還是根據事實。倘若作者對於社會情形不熟悉，寫來與實際相差太遠，縱使極細微底地方，也要失去文藝上真的價值。所以憑空虛構底小說，還是不能不根據事實；小說家不明白社會真相，是不成功的！

一篇小說，總有作者本意所在；不過為寫時助興，不能不有餘意。往往下筆寫時，在文字或意思上，所生底餘意太複雜了——自然而然聯想來底——作者不覺，信手寫來，不忍割愛；使意義散漫，讀者祇覺得是囉叨，是廢話，祇覺得乾燥無味罷了！這是在於作者沒有剔洗精煉的工夫。

我對於小說，沒有什麼經驗。以上諸點，文藝家看來雖然不成問題；但是在我自己，已經足夠使我擱筆不敢做小說了！我想初學作者——有嗜好於斯，而工夫沒到底——也許有同感？那麼，出醜不如藏拙；也省得污辱了神聖底文藝，我們還是努力先用一番研究底工夫罷！

研究也不是一朝一夕可期底。我想：第一要有文學的修養——叫自我底精神與宇宙同化，與萬物表同情——第二要了解人生意義——知道人生價值所在，隨在都可發揮——第三要留心社會各方面底考察，揭出他底真相。第四要直接慎重於文章修飾底工夫，合於美底方式。

不過，有一重心理上底病態：我們興之所至，成功一篇著作，當時多半自滿意，很少能夠察出壞處——雖然過後也許明白——又加以人們都有愛發表底通性——既然做出，好像都很願意給人看看——所以終久都發表出來了，白費許多筆墨，和紙，來冒充新文學；實在可痛心而無可奈何底！因此不能不希望於忠心底批評家，把他具體的批評出來，希望他慢慢進步——這種間接的貢獻於文藝界，功用更大，實在很重要底！

（《小說月報》第十二卷第七號，一九二一年七月十日）

心境

浪浪似底狂風，一陣陣吹到玻璃窗上，叮叮地響；除了蕭蕭狂舞的樹葉，和暗黃色的塵沙外，沒有別的東西到他感官裏。沉沉的濃霧演成陰慘慘的天色，不見太陽光；樹枝兒東倒西歪，隨風亂舞。就是那合抱大底槐樹，也左一枝，右一梗地折下來。

他心裏不禁想起昨天公園裏燦爛春色！鳥語，花香，還有無數鴨子，水裏游著！恐怕經這一番摧殘後，要花送流水，鳥聲不聞了！過眼春去夏來，殘酷底秋風愁人，好景又是一年了！天有不測風雲，叫他聯想到人事底不測。人們的命運，豈不就像無情底風雨，把鳥兒，花兒吹倒了一樣嗎？這昏黑底濃霧，不就是人生的闇淡的寫生嗎？粗燥的沙土，敷滿了一切，顯出物質界底不潔。人類社會裏種種齷齪的，不平的事，也敷滿一切，比較這沙土又怎麼樣呢？污濁斯世，淨土何在？狂風亂吹，何不吹我到桃源所在呢？

他心境受了風力底示唆，無端的煩悶起來！不言不語，呆呆地亂想！望他幽鬱底神色，也就像蕭索無情底狂風。他弟弟妹妹們知道他平常有這種鬱性，祇好離開他，各自玩笑去；他也無心理他。

忽然從狂風裏送來格外清脆可聽底一聲！送信！到他耳朵裏，是他常聽，也常希望聽底聲音。即刻引起他很強的注意力，從玻璃窗看出，早有一個綠衣人，快步踉蹌，進到院子裏來了。看他身上背著書包式底信囊，右手裏還拿幾封信。他弟弟應聲出來接信，他很強的視線，一直射到綠衣人手裏幾封信，能夠看見那細小靈妙底字，是鋼筆寫底，是他正在盼望底一封信！從他朋友寄來底！他喜歡得著急了，不能再坐了，不由自主地一邊走，一邊嚷道：「是我底，是我底，快給我罷！」已經跑到門外廊緣來了！偏他弟弟作怪！知道他心花開了，放意走遠幾步說：「你知道是你底嗎？你不是說怕風難受嗎？怎麼這會子又不難受呢？不是你底，快進去罷！風怪大底……」他那裏聽他？祇是伸手搶來，說：「怎麼不是我底？那不是紫色墨水寫底封面，寄給我底嗎？快給我罷！」弟弟看他急了，便給他。他得到了信，笑微微地看了再看，狂風怎樣吹，弟弟怎樣鬧，都聽不見了！滿足得意，和精思細想底神氣充滿了他兩隻眼睛裏；什麼愁思亂想，一霎時都煙散雲消了。拿了筆墨和紙，又擦了桌子，接著就寫回信。狂舞的樹枝，敷滿一切的暗淡的塵土，他現在已不聞，不見，不覺了，一切都受了他的安慰的感化了！

（《時事新報》〈文學旬刊〉第四期，一九二一年六月十日）

不全則無

這一天天氣很好，恰巧又是禮拜六。簷前底鳥叫著，枝上底花開著，都顯出他們很得意底神氣！大概是報道：「春到人間，萬更新了！」。這一班裏先生不知何故請假，同學們都很喜歡地整理她們書包，預備回家。

中因是班裏年紀較小底一位同學，聽說先生請假消息，更是高興得很；便對露瑩說：「難得！這位先生也有請假的時候！你瞧今天天氣多好！我們趁著假日沒事，可以到公園逛逛去，你說好嗎？」。

露瑩這時正伏案寫書，抬頭聽著這話，顯出很倦底樣子，答應說：「好！好！我們好久沒逛公園了，春天已到，不知園花開了多少，我們就去享受享受這新鮮空氣罷。」說著把筆套上，站起身來！就想跟中因請假去。心裏卻想起她平常底遊伴，便對中因說：「我還想起淑珍、天嘯，不曉得她們去不去！也問問她們好不好？」中因說：「真是！我差點忘了，她們在那兒呢？」。說著跑到隔壁一間屋子，叫道：「淑珍在這裏用功咧！」就叫聲：「淑珍，你怎麼這樣用功！今天天氣很好，恰巧先生請假，我們一塊到公園去，好不好？」。

淑珍抬頭看看，好像知覺很遲鈍似的，慢慢地應聲：「不去！我不想去！」，低頭又寫字去了。接著露瑩也來，聽說不去，問道：「你怎麼不去？『人生貴行樂』，你何必這樣自苦？假日是應該玩底，公園你也常去過，為什麼不去？」。她沒話可答，只得笑笑說：「不是什麼，因為一點筆記沒抄完，願意把它抄完回家去；請你們先去，我等改天奉陪！」。

中因聽到這裏，不禁大笑說：「不用說！我知道了！她平常都是這麼用功嗎？沒得天嘯同意罷了！我們怎麼想不起？快點先問問天嘯去罷！」。

淑珍心裏不快，不聽這話還好，聽了好像針刺似的！引起無限底感念，和強烈底情緒！禁不住一點一點底淚珠，落下來了！卻又自己轉笑說：不是！不是！沒有關係！你們去罷！不早了。你們是不是在那兒吃飯？可惜我口福不好，不能同去！

這時候三人相對，一句話也不說，就是最活動底中因也不出聲了！至終還是露瑩說：「那好，淑珍既然不愛去，我們就先去罷！說著便辭了淑珍，同著中因索索地走出去。

她們乘興而來，敗興而去，一直走到學監處，還是說不出話來。請好了假，出校門雇車坐上，頃刻之間，已經到了公園門口。遞過遊園券給收票人驗完，聯袂進去！才走幾步，就遠遠地看見那池裏淺綠一色底水，中因指著說：「在這一園裏，我所最愛底，可算就是這個地方了！有水、有山，才算天然之美，像那排列著的茶桌，為底是食，何必要來公園呢？我就不曉得他們都是什麼意思，來到公園，總要在茶桌坐著！談談笑笑，飽食一頓，有什麼意思呢？」。露瑩顯出她很老威底樣子，說：「你別說！人家自有人家底興趣，個人底情感不同，行為也就不一樣，何必人家都跟我們一樣呢？」。中因說：「真是不錯！『人心不同如其面』，就不過知情緒三種作用，怎麼就有這些變化呢？」。

一路說著，不覺到了水榭前邊假山上，往前幾步，便在水邊兩塊石頭上坐下。露瑩看水不禁有感，歎口氣道：「咳！水流不歇，人事變化，也正如此！回想從前事，都像做夢一般！你還記得去年這個時候，我們也在這個地方玩過，同遊底還有淑珍、天嘯呢？恐怕過此以後，盛遊不可再了！俗語說：「熱極生風」，她們兩人不是為太好底緣故嗎？」。中因很驚訝地問道：「真奇怪！你說些什麼呢？剛才淑珍那個樣子，真是叫人難受！她們到底為什麼？你知道嗎？」。露瑩說：「你還在這裏做夢！她們現在不好了！也許還是因為你咧！你剛才還說那些話，怎麼不教她傷心！」。

中因越聽越糊塗，越發焦急，問道：「你到底說些什麼？怎麼我一句話，又會教她傷心？她們到底為什麼生氣？你告訴我罷！」。露瑩又偏不對她說，祇讓她自己想去。急得中因要跳，忽然叫道：「呵！呵！不錯！我記起來了！有一天早起，我不記得對淑珍說些什麼話，有點衝突，淑珍便插嘴說兩句！原意是為我們解紛；誰知天嘯聽了不高興，便無精打彩底對她說：「我勸你還是不說好，你一個人怎底敵得過兩人呢？」」。我聽著，不禁大笑，淑珍也笑起來。誰想等一會兒，天嘯寫一封信給淑珍，淑珍看完，不言不語。我看她臉色，實在是難受底，也就拿筆寫回信，總費了一點多鐘底工夫，剛剛寫完，把信遞給天嘯時候，我在背後偷看，還有中因什麼，也想到跟我有關係底；但是她們都是笑笑，我總當她是玩。你猜天嘯看完這信怎樣呢？咳！可了不得！扔一句話不說，把原信遞還淑珍，又問她要回她自己底信，放手一扔，擱火爐裏頭燒了！淑珍起先還是頂大方底，把信給她，讓她燒去。後來忽然跳起，開開火爐，搶出那已燒底信！差不多焦去一半了！望屜裡一扔，兩手緊緊壓在桌面，不住地發抖，臉色都漲紅了！我恐怕那半燒底信，要在屜裏發火，忙叫一聲！要燒了，她才想起，趕緊把信丟地下去，一腳踏上。天嘯看見，又跑過來搶。」。露瑩插嘴道：「真是何苦來！搶去沒有？」。中因說：「可不搶去？燒了！但我總以為她們是玩。難道就是這點事嗎？天嘯這個人太多心了！我實在怕她！」。露瑩說：「可不？我所以都不敢跟淑珍多說話！這個固然不成問題，但是有心人到處都是問題。反正她們生氣，是為你罷了！」。中因急說：「真是奇怪！除此以外，還有什麼事為我呢？淑珍現在又不跟我好了！我想也許還是為你罷！你現在不是常跟淑珍談天嗎？」。露瑩說：「是呢！管她為我為你，我也不跟你辯，反正她們現在不好了！」。

露瑩說完，看看手上底錶，已經十二點了。接著說：「咳不覺晚了！回家恐怕來不及吃飯，在這裏吃些點心罷。」。中因也說「很好，我肚子也餓了。但是你總得告訴我！她們到底為些什麼，這樣生氣？」。露瑩說：「別人底事，一定知道他幹麼？」。說著兩人站起離開水邊，望來今雨軒走。看面前來了幾個孩子，中因便指著對露瑩說：「你瞧那幾個天真爛漫底孩子，不知手裏還搶個什麼東西，多活潑，多好玩呵！我想『人生難得小兒時』，像他們這樣『嬉嬉而樂』，無思無慮，決不會有什麼感慨痛苦，真是可羨慕底！」。露瑩點點頭說：「固然這樣，但是我們已經成人，那能又變小吧？」。

她們到了來今雨軒，找個地方坐下，叫店夥拿出幾斤麵包，還做兩碗湯來。又接下去說話，中因禁不住又問：「你說天嘯她們到底為什麼呢？」。露瑩說：「咳！你何必一定知道呢？我本無妨告訴你，就恐怕你聽了，也未必痛快！」說完，把麵包一咬，慢慢地吃她底湯，又不說了。急得中因直催她說。她才開口說：「有什麼好聽呢？我也不知詳細，還不過聽別人說來！有一天早上，你不是起晚，赴不上吃稀飯嗎？淑珍還替你帶燒餅，有沒有？」。中因說：「沒有呵！我是有一天起來太晚，那燒餅是她妹妹給我底，還替我夾上『麻花』；那是她給我呢？」。露瑩說：「不是她給底，你才會不知道！我告訴你罷！雖然不是她親手給你底，可是替你拿底。天嘯看她拿完，便顯出不高興底臉問道——這碗稀飯要不要帶給中因？！你想這句話分明是刁難！那有稀飯帶到櫛沐室呢？淑珍也知道她是不高興，但是她癖性也強，偏答應說——你說能帶嗎？可惜不能！要不然，我就帶去，也何妨？——這樣一說，自然更生氣了！還有一天，你丟了羹匙，也是淑珍替你拿底；那天換桌位，又是她替你收起筷子。這種事情都是多心人所不喜歡底，說來豈不是為你嗎？」。

中因聽完才似「夢裏初醒」說：「呵！原來如此！我怎麼都不曉得呢？想起真是好笑！」。露瑩說：「有什麼好笑？你想她們多麼難受呵！」。中因說：「不是，我不笑別底，是好笑淑珍為著朋友也不知受了多少氣！我自己想起從前底事，也覺得好笑。真是，人要到感情盛底時候，祇怕是死也顧不到。我告訴你罷！我們底故事多著咧！簡直做本小說還不完。」。露瑩說：「我聽見了。是不是淑珍跟天嘯好，你還生氣？你還說要報仇，有沒有？」。中因不禁發笑，很難為情地說：「真是沒意思，現在想起，真是比一場夢還不值得！我記起淑珍那樣兩邊忙，實在可憐，又是可笑！早起總要早早地起來，把我先叫起，替我梳完，又得跟天嘯梳！你看多忙呵？可是先頭我們三個人感情還都頂好，相聚也覺得十分快樂。誰想後來無故打架起來，弄到淑珍底頭叫她梳，她不梳，叫我梳，我也不梳。從此以後，淑珍可苦了！顧此失彼，我看她整天裏呆想，差不多都為是這件事，你看多苦呵！」。

露瑩便問：「那麼她那個時候，到底跟誰好些？」，中因說：「那自然，要不跟天嘯好，怎麼成朋友呢？平心說！她對我同鄉關係，也無所謂好不好，不過我那時剛進學校，她看我小，多幫助我，漸漸習慣，覺得親熱些罷了！到現在我總以為絕對不成問題，誰想還有這些事呢？真是叫我怎麼猜得到？」。

露瑩聽完這些話，沉思說：「不是，不是這樣講，我想這裏根本原因實在複雜。你說得高興，把吃都忘了，我們快點吃完再說！今天不妨把這個問題談個痛快。」，說著兩人都笑了。她一邊喝湯，一邊凝想。

一會兒，兩人都吃飽了，叫來夥計，把賬算清，兩人離開來今雨軒。中因說：「剛才話還沒講完，我總相信她們兩人不會真底絕交；你說怎樣？」，露瑩說：「這個我到沒想到，反正她們這回打架不像從前罷了。其實根本講起來！她們兩人性情不一樣，長聚一塊，當然免不了會衝突底！淑珍這個人，你常說她多情，她固然也不算沒情；但是她強於知，常主張拿理智來制感情，便是她底苦處，也是跟天嘯不對底地方！譬如對於你罷，難道一定怎樣跟你要好？不過她常說過，她對你既然是同鄉，從前又常是一塊，有什麼事情應該做底，她良心過不去，總不能不幫助你。寧可一方面任天嘯生氣，你還打她真是過意得去啦？為一點事，就得寫一大套信，就可見她底心了。並且她總主張朋友不是為形式上相伴，要緊是精神上相慰；天嘯又偏看重形式——說沒有形式，精神在那兒呢？所以頂不要緊事——陪不陪，相共不相共——也不知生了多少氣！其實朋友總要相知、相信；像她們這樣，實在還不到這個程度；而感情方面又頂強底，自然是不免衝突！要是就感情講！情愈深就愈專，嫉妒就是愛情底反動！像天嘯這樣多心，愛生氣也是無怪底！淑珍要是跟她一樣，豈不是也就沒事嗎？現在同學裏朋友，多半患這種狹交底毛病！一人就有一個朋友，覺不是太『孤陋寡聞』嗎？說起真是笑話！真是學堂裏一個怪現象！」。

兩人說著，走到路旁一張椅子，就隨便坐下。中因說：「你理論家總愛理論，你剛才不說她們這回打架，不像從前嗎？結果到底怎樣？你告訴我罷。」露瑩說：「慢慢地不要忙，事實是根據理論來底，理論說明白，自然就有事實。她們性情還有個不同——大概是一個靈動，一個板滯；一個濃厚，一個冷淡——我也形容不出來。譬如天嘯替淑珍做事，她要是高興，總是不等淑珍說話，就替她預備好。淑珍卻不是——有時候天嘯預備好什麼事情要她做，嘴裏偏不說出，淑珍就是偶然想到，也總要問一句——要不要，或者做不做——這一問她已經不高興了，再加上兩人癖氣都是剛強，自然衝突起來，誰也不讓誰，那能不多生氣呢？那天早上兩人已經生氣了，不知又因為什麼事，兩人一邊梳頭，一邊吵嘴，越辯越是兩方誤會，又引到中因身上來了！以後淑珍到課堂，便寫一封信給天嘯，大意是向她決絕。她說：「苦樂相因，理常循環。我們有現在底失感，實在是由於從前底相愛。不愛不恨，『中和之道』，最爽快底。既然如此，不是忍痛一時，不能免長久底苦；要尊彼此人格，應該看淡個人感情；我們可以不自己覺悟嗎？淑珍不敏，得罪天嘯，不足做天嘯友，不敢望天嘯愛，也不敢愛天嘯了！咳！天嘯！既有你，又有我；性情既然不同，何苦有當日底相聚、相愛，成功現在底苦痛呢？這不是你底錯，也不是我底錯，我們應該歸罪於天，問他為什麼使我們相遇呢？咳！天嘯！情欲愛好，本來幻相。從今以後，我們是斷絕關係了！『沒有愛，也沒有恨』，請你體會這個意思！不要愛，也不要恨！可以如我底請求，原諒我底罪過嗎？咳！言之不盡，不欲多言。祝你前途快樂！希望你努力加餐！淑珍上言。二月二日。」」。

她寫完這信，看了又看，歎了一聲，把自己日記一把交給天嘯。天嘯看了，就在她日記注上幾筆，還她。後來兩人就不理了；豈不是很難好嗎？

中因聽著，停了半響才說道：「咳！知有今日，何必當初！淑珍也未免太忍了！」」。露瑩說：「那也沒什麼，朋友相處，總要求個快樂。她們既然不甚相得，整天打架，徒徒損害身心，有什麼好處呢？像她們現在你不理我，我也不理你，各行其是；雖然一時覺得苦痛，以後也許忘了，豈不強些？」。

中因說：「怪不得，淑珍那天告訴我——易卜森『非完全則寧無』底主義，對他深表同情；這不是她自己實現嗎？我總覺得太忍些。那麼她怎麼又哭？」。露瑩說：「那能像你這樣想得簡單？人非太上，安能忘情？她眼看你我底快樂，再回想她自己底前塵，會不觸景生情呢？這也是知情不統一底苦處；她這一哭、一笑可以代表她心裏知情底衝突。看她日記上寫著：『對著明月，不禁有感，想起「從此無心愛良夜，任他明月下西樓」之句，好不傷心！』又說：『看見天嘯孑然一人……兩次要想想叫她，終久沒叫，不是太矯情嗎？』也可見她底苦痛了。」

露瑩說到這裡稍歇，笑道：「真是無謂！把這種無謂事說了半天，漏別人底秘密也是不應該底，還好你我之外沒有外人。」正說得高興，忽然一聲——

「怎麼沒人？還有我呢！」，她們回頭一看，原來是同舉莊末、增熙也享她們假日底快樂來了。彼此相見，不禁大笑。

中因說：「不早了，家裏恐怕等著，我們先走罷。」，對兩人說聲『再見，再見』，各回她們底家去了。

二百元

他身上穿一套舊灰布底軍衣——破爛不成顏色，微微露出紅底綠邊，都若有若無，不可辨別了——看得出是個落伍底兵士。在幾個月以前，他是當兵；但是，現在所屬底軍隊解散了，祇不過在舊主人家裏，仍舊當聽差。

此刻他手裏拿著一疊底現洋票，是他主人叫他到銀行支取底息錢二百元。銀行裏會計先生點給他看這彩色新鮮底票洋——一五一十地數著——使他忍不住這樣希罕底感覺，起了一種豔羨底心：「嗄！可愛呵！要是我……多麼好呢！」。收下這錢，不免引起許多念頭，在他心裏旋轉。

他想：「我從前苦心苦力，伺候老爺太太，總有五、六年了！若是駐足得下，又何必去當兵呢？現在軍隊遣散了，兵也不能當了！家裏白食兩個月，不得已又上他這裏來；還是他肯收留我，待我比其他聽差，特別好些。但是以前苦況，我也當夠了，……他高興時候，讚我幾句！說我很老實，很勤懇！格外抬舉我多做一些事，就是他莫大底恩典；也便是我做人老實底報應！再等他不高興起來呢？咳！反目無情，高聲喝罵，就跟平常說話一樣！我吞聲忍氣，還得兩手垂直賠個不是！為底什麼？還不是每月幾塊錢嗎？從前還希望老爺升官有好處，我也有個出頭底日子。現在看來七、八年不過這樣！眼前更糟了！聽說衙門裏薪水幾個月沒發，李順他們也都兩、三個月沒領工錢了！那麼，我又是個舊僕，本來可用可不用底，豈不是更靠不住？頂多個月發給二、三塊錢，也夠什麼？」。

他想到這裏，完全陷他現在生活於失望中，無意的舉手在胸前口袋裏摸索他剛放下底二百塊錢，忽然一猛省之間，覺得這錢於他很有用底；臉上立刻現出分外冀望底喜色，暫且把他愁思撥開。

他想：「不錯！我真獃！這二百塊錢……從前老張不是照樣發了財？看他現在多麼享福！……虧得老爺、太太都很信用我，說我靠得住；誰知我老高現在當了兵，不再像從前底安分守己呢？俗語說：「人窮志短」，真正不錯！我老高也管不了那些了！不說別人，眼看那甚麼將軍啦，巡閱使啦，何嘗不是當兵或做賊底出身，比我這窮光蛋都一樣嗎？一下子登台赫赫，不是金錢買出來嗎？現在底人，那一個不是見錢就搶，見利就忘義呢？不做賣國賊，不括百姓錢，那裏有汽車坐呢？反正大底大搶，小底小偷，誰還顧得什麼良心？我老高從今天可以出運了！有錢在手，什麼做不得？從此可不愁沒飯吃了！」。

但是，他雖然想得高興，總覺得犧牲不了這名譽心——又一轉念想自己逃走之後，主人要怎樣生氣，怎樣看破他——不由得心灰意冷，祇好又垂頭喪氣把錢送回來了。

誰知事有湊巧——他回到家來，便進上房來找太太交錢，偏偏那天太太出去了，祇有一位小少爺坐在堂屋裏寫字，再不見第二個人！他祇得問一聲：「小少爺，太太在家嗎？」。口裏說著，不由得利心又動，賊心又起了！等不了少爺答應他一句：不「在家」，又問他：「你有什麼事？」他祇猶豫一回，趕忙答應說：「沒事，沒事。」，翻身又回門房去了。

他坐在門房裏正在悶想，恰巧他同事李順進來，一見便問：「你回來啦？這半天上那兒去來底？」；答應說：「可不是嗎？到銀行取錢回來底。走得怪腳酸底，等了一頓飯工夫，肚子又餓！」。李願祇得陪笑說：「難為你！這一趟可算是替我走了。這息錢，每月都有一回，都是我去底，還不是這回你替我嗎？這錢聽說還不是我們老爺底，是陳姑太太底。姑太太很闊，每月收入至少總有幾百塊錢；他家人又少，真是有錢沒處用，一個月之中，至少總有半個月多是出去應酬打牌底，一輸便是幾十塊。可是平常又很省用底，那裏肯花一點餘外底錢呵！你想，我們貧窮，就他輸底錢，都夠我們一輩子過活了⋯這二百塊錢在他打牌時候算什麼呢！」。

老高越聽越覺得有道理，使他逃走底膽量越發壯起來了。面子上祇裝做附和不理會底樣子，暗地裏卻有打算了。一會子，李順走開了，他又是一番想念：「呵！原來這樣，原來這錢不是老爺自己底。那麼，我拿這錢做些正當職業，比較打牌輸去總強些罷！那也不算罪過了！……反正我一身來此，跑去之後，無蹤無跡，誰還跟我去不成？哈哈！我走了！我從此也反面無情了！」這一念既定，把門關上，開開自己箱子，拿隨穿衣裳，綑做一小包。出門便走，一直望車站去了！

且說主人家裏，等到晚上十一點鐘，主人回來了；問老高取錢回來嗎？那些底下人說：回來了，不知取錢沒有。再看已經不在門房了！……

第二天，那位小少爺據實一說：更打電話銀行裏一問，這錢確實危險了！一天，兩天，沉沉沒有消息；報巡警也是無用！祇聽陳姑太太說：「寧可打牌輸去，不甘心白送了他！。」但是究竟沒有法子！究竟白送了！

出洋熱

她好高底天性，使她有很強底向上心。時常拿自己同別人比較，「見賢思齊」，總想追著比自己好底，同他「並駕齊驅」，或者還要好些。但是一時興奮，沒有堅定底見解，和奮鬥底勇力，一方面環境限她，一方面自己不能脫掉「苟安」、「懦怯」和「優柔寡斷」底腐敗性，使她生活，終日陷於懊悔，和難希望底苦痛中；虛度了二十餘年底光陰，好高底天性，徒徒害她！

她生長底家庭，比較的可算文明開通；所以她從小能夠跟一般男子受同等的教育。同她弟弟在一個小學校裏做六年底同學，是她現在回想她一生最幸福底時代！她特別享受的，覺得滿意的——在許多男學生裏，僅有她一個女底；師長注意她，戚屬贊歎她……。不用說她在校裏功課如何，那時黑暗底女界中，總算她是一顆晨星。畢業了小學，循序升入女學，也自然的受過初等完全底教育，比家塾初出底女同學，可以不費力地同她們爭勝。可是「暢遂」、「順利」、「驕傲」、「不用思索」底生活，無形地消滅了她底自覺心；加上十二、三歲底孩子，本來沒有自治力，小學裏每天慈母督促底課業，受幾位玩忽朋友底感化，竟變成飽食嘻嘻底惰性了！不能免底後悔，就從此開始。

第一次刺激她：在她女校裏，忽然有選派留學消息——女界破天荒底創舉——人人欣躍，希望獲選。更不用說她雄心勃勃，非去不可之慨，可是平常考試名列底關係，竟使她向隅失望。眼看遠去底同學乘風破浪，得受高等教育底機會，羨慕、悔恨，巴不得立刻自備資斧，跟他們同去。恰巧有一位同病相憐底同學，便兩人商量著，……結果，這位朋友百般設法，對家裏反抗，對學校要求便成功了。她呢？不得家裏同意，許多人又安慰她說：你現在「年紀還小，可以在國裏多研究些國學，等本校畢業後出洋底機會，總還有，何必急呢？若是去了，費用不足，你從小又在家裏嬌養慣的，年輕沒有經驗，在異地多麼苦呵！一般女子，不能念書，你已有了讀書底機會，還不應該知足？應該安分嗎？……夠了，「知足」、「安分」，使她苟安。年紀還小，在國內多念些國學——使她懦怯，——在異地多麼苦呵！——總而言之：沒有確定底見解，不能對環境奮鬥，由別人底安慰，變成自慰；勇往之氣給「理性」束縛了；一時興奮，無形地冷靜了！雖然偶而想想——出洋究竟好——但究竟想想說說，有什麼用處呢？究竟國內剛萌芽底女學裏，有什麼精深的國學可研究呢？人欺自欺，在這女校五年底光陰，是虛擲完了，畢業後有出洋機會，究竟在那裏呢？

一誤不容再誤，她既然想望出洋，就應當早有出洋底計劃——讀外國文，注重科學——有兩三年預備底工夫，應試留學，是不難底。可是實際不然：刺激之後，使她猛省、努力，畢業底成績，是不落人後了，也究竟有什麼用處呢？「知足」、「安分」，終究束縛她——總自想女子讀書，是特別權利，是應該滿意底——升學底念頭，祇是自己心裏徘徊想望，不敢對雙親有稍奢底要求，不敢表示不滿底意思。長此兩年底光陰，竟犧牲於小學教授，和家裏周旋，無長進生涯罷了！等到有機會，進現在一個國立高等女學校，是她父親願意讓她入學底，她才欣然赴考，覺得分外賞賜，十分滿足；卻忘了考察校裏底課程：是不是自己所希望底目標？是不是可以使自己上進底？考取了，入學了，所學如何呢？國文，——唐宋八大家文選——經學——大戴禮、小戴禮——……真真是古典底國學了。可是她素未涉獵，沒有趣味，難於進境，對於她出洋底計畫，更有什麼相干呢？……

現在所謂「歐風美雨」，出洋留學應時勢底要求，常人都覺不可少底，何況她受過刺激，加上很喜歡同人比底熱情呢？幾天以來種種感想，使她沉悶——幼小同學底弟弟出洋去了，境地不同，使她感安分之苦；某友留美，前還不如她底；某友留法，是她現在底同學；某君畢業回國；某君在那一國，得了博士學位了。……——頻頻給她以難堪底「興奮劑」，凝思痴想：自知現在學校所學非所用，——雖然課程比初入學時改革些——長此敷衍下去，畢業後為獨立生活計，不能不再苟安了！看著她們畢業回國，「蔚成大器」，相形之下，怎樣自存？怎樣忍得無邊際底種種刺激？……將來有機會，「將來」在那裏？「機會」又在那裏呢？……人生無情，跳不出環境底限制，有什麼生活意義呢？不錯，這真是好強底天性，使她思想有轉機了。可是，「父母在不遠遊」……種種理性的躊躇，──果然應該出洋嗎？──使她悶想仍是悶想，受刺激仍是受刺激，除非有機會讓她自然的可以去，她總不能有最後底決心──實現理想的熱望，對環境宣戰的──觀望顧慮，徒徒擾亂腦筋，何如「麻木不仁」，不知不覺；不必懊侮，也不必悶想；一任環境支配，安於「身心貼切」底人生觀呢？躊躇悶想，似覺不覺，「麻木不仁」，又究竟有什麼區別呢？「出洋熱」底火燄，什麼時候可以撲滅？「出洋熱」底熱氣，究竟是足以煩悶人生嗎？

旅行日記

緒言　來學本校（北京女高師），忽忽五年，已居畢業之期了，先有教授實習，次有修業旅行，——實際考察各地教育情形——都是師範生應有之事；我們現在到其時了。教授實習既然完事，便是旅行出發之期，這是我旅行日記所由作了。

旅行是人生樂事，隨在有得，原無所執於心的。我們這次旅行，以學校名義，叫做修業旅行，不免求知之心較切；理想的這篇日記，必定富於事實報告，和學理研究。祇是我呢？旅行的動機，根本與修業旅行底宗旨不同：不過不耐久居一地，要藉此行換換空氣，暢暢精神罷了。所以本篇日記之作，祇是隨心所欲，隨感所及，隨手寫出，原意留作自己紀念，固無不可。竟公然獻世，恐怕難免不自量之譏，祇得請閱者特別原諒了！

一、北京——天津

四月十九日／晴

兩三月以來，提心吊膽底教授實習，和興高采烈底旅行準備，到今天可算是交卸的日期了，——實習已經竣事，旅行出發已經預定之期——不用說我們心裡，一種滿足和希望之感，是很愉快的。誰知好事多磨，時局不寧，竟阻礙到我們心願的計劃！風聲鶴唳之中，學校責任所在，不能不留我們緩行；我們卻逞一時之勇，非如期即行不可。連日商議，到了今天，竟改變原定計劃，——從津浦車南下，再東渡日本，——候輪從天津直發日本，南遊之夢，祇得暫時犧牲了！

心意不遂，免不了不快之感，消磨這無聊時光，祇好從阮姐之議，到公園玩玩，尋常底高興，也祇是無聊底心境，化作無聊底話言，無足開心的。何期悶坐之間，竟來意外佳音：明日津浦特別快車南下，竟決議了——羅君踉蹌前來報此消息，我們心中底高興如何呢？日已昏暮。頹喪底精神為之一振，急忙回家，束裝待發。

強烈底願望，使我們不憚冒險，非行不可。得知道世間真正愛我們底父母——比我們自愛尤切的，明知危險，怎能忍心讓我們冒險呢？因此我們可喜底消息，卻祇成了雙親擔憂底材料。為著團體關係，不走非吾心所願；雙親之心，可為難了！「既然決定，祇好走罷！」聽得這句話，整理行裝。「棉衣要多帶，食品要預備，海行恐怕暈船，要帶些藥料。」已經親手裝好擱在箱裡了。咳！至多不過兩月之別，在我初不介意的，怎樣叮嚀教囑，使我情懷悵悵，實在是不自知其所以然了，想走後怎樣使雙親放心不下，怎樣日夕紀念著！冒險熱情，不禁消沉，恨悔不得不去了！真正底愛，祇有慈親，真正的安慰祇有慈親！默默底感謝，叫我欲說無言了！瑣事忙忙，不覺夜午，陪著雙親，不得不遵命早睡，獨自依依戀戀，不敢說是別情離緒，祇一片感恩之忱，纏綿腦際，使我清醒不寐。

二十日／晴

清晨梳事後，違了雙親恨我不得不行之意，匆忙到校，同學們都行色匆匆，正預備出發了。準時到車站，對那紛紛乘客，我要第一次跟他們接觸，實在覺得擁擠難堪！好容易伸手延頸在售票人應接不暇之中，買了兩張票，登車找到房間，第一個難堪的觸鼻臭味，實在不能不怪我國人太不講究衛生。幸虧隱姐已經替我們四人——心隱、俊英、廬隱和我——佔好座位，我們坐下，促膝暢談，別是旅行中底樂趣，把物質底困苦不覺打消了。先有俊英朋友給俊英一封信，我們搶著要看，不禁談笑風生，不可思議底感情作用，使人苦，使人樂，當局不知不覺；旁觀者細細體察，真是有趣！一聲嗚嗚，火車開了！車下昂首悵望底俊英令友，車上脈脈底俊英，四眼相對，各帶著什麼情緒呢？黯然銷魂，惟別而已！俊英原是多情的人，心裡自是難受，我們也不覺惘然！

車行了，北京城漸漸遠了！夾岸絲絲底綠柳，因風微動，都好像憑吊行客底離愁別緒，只默默地示意。我們談興既豪，觸目都覺快樂，是過去底回憶，是將來底希望，自信是活潑潑有生命的，比較其他坐客，除了悶讀報紙之外，便是鼾鼾長睡，我們之樂真是可傲睨一車了！

一站又一站，過了豐台黃村，我們以為危險已過，奮鬥遽然成功，指日可到浦口了！又誰知天公畢竟不做美，敗興之來有更甚的：一聲停字，車到天津，竟不前了！一時陷二十餘人底希望於絕境，紛紛惶惶，只好結伴下車，失心喪志，我們興最豪失望也最甚，無論如何，旅行之願，必要償的，既然乘興而來，何忍敗興而返？更何心鼓興重來呢？同學們限於事實——沒有住處，祇好回京再議，我們便單獨行動，決意暫留天津：可以在津玩玩，等同學再來，南下或東行，省往返之勞，聊慰失望之苦。恰巧錢烝君有位令姐在津，她也決意留下，邀我們同往暫住；一時稱心之事，便做了不速之客，顧不得冒昧之譏了。雇車便行，好在她是我們同鄉，她姐姐也是個誠懇可親的，一見深表歡迎，我們便覺得安心了。時已過午，進餐後，少歇，寫宜妹信，想此留秪是一時衝動，雙親不要以為不可嗎？不免微覺不安。

日暮品三來晤——我們曾託人電話通知她——，久別乍見，又是預想不到的，格外喜歡，也是我們決意留津底一個動機。心阮等別有所事，秪好跟她散步出門，到日本神社——是日本人敬神底一個地方，花園的建築有神位，日人到此，便鞠躬致敬——夕陽照著，對這清幽尊嚴之景，使人頓起神秘之感：怡然，肅然。

夜四人同住，談話很多，俊英糾紛底心緒，使她不能安眠，夜寂了，人靜了，鼾聲上下，與滴答底鐘聲相和外，便是她底歎息聲了。

二十一日／陰

早起寫完兩封信，同到日本神社散步，對那綠綠的草色，盈盈的水光，加以有趣底談話，真是陶然忘憂，回寓午飯，對於錢姐殷勤款特，不免又有此來冒昧之感，心裡實在不安啊！

飯後訪品三，到女子師範學校附屬小學，她是該校附屬蒙養園底院長，蒙養園就在小學對過，她住在小學內。該校校址在河北，因為政潮關係，竟停課了；衹有小學和蒙養園還照常上課。她引我們看小學唱歌課，快下課了。蒙養園上課時間是上午。衹看看設備，她一一為我們指點說明，是她匠心經營的，自然精神上別具快感。

出蒙養園，到瑞蚨祥買些衣料，品三邀我們吃飯於第一春飯館，飯間談話甚暢。

二十二日／陰

早起四人都忙著縫裙——是昨天新買的料，約好四人一樣的——，縫紉之事，不是我們所工，大家比著做，不免心急手亂，興味卻很濃厚。下午做成便穿，留作四人此行底紀念品云。

下午原想出去參觀學校，因為品三晚來不果。閒坐對著陰霾天色，不免想家，衹是無條件底悶悶，不自知其所以然。

品三來已近五時，晚飯後眾議看電影，我遊興不足，衹得隨眾而行。既到光明社，看不多時，她們也都不勝倦意了。昏然歸來，品三止宿，便五人同睡。

二十三日／陰

早梳事後，到新旅社女浴室洗澡，繼到鼎章照相館照相；五人合攝一，我們四人又各照一。午飯在茶樓，勝會不常，有感於心，不禁潸然。品三替我們定好按日參觀各校，也都介紹了，決定明日開始。

飯後歸寓，祇是閒談寫信，聽廬隱自述過去遭遇，又是一番感觸。夜已睡，接宜妹、憲弟書，稍慰。

二十四日／晴

早八時，品三來，我們四人，錢君和她共六人，同出參觀。先到南開學校。該校是我們久仰的，分大學、中學兩部。先至中學，有主任張先生出來招待。我們先看教授，次看設備。

學生總數一千二百八十四人，分二十九班。五級——中學四年，補習一年——中學前兩年是普通科；自第三年起，分為文、理兩科，第四年又分文科為文、商兩科，三三制，尚在籌備云。

禮堂建築很精美，後面另分一室，平常備學生各種集會之用；演新劇時，便通前面為劇台。課程中沒有修身科，祇是每星期一次底校長或主任訓話——全體學生分兩部，各一次——關於道德講演，或時事報告，以切於實際為主。每星期六有電影，可以使學生課餘，得所消遣，不必出校分心於無益的娛樂，用意很好。（訓話與電影都在禮堂）。

廚房甚整潔，蒸飯物、煮菜分設兩處，燒火機關另在房外。防蒼蠅，特設兩重門，都是建築法特別講究處。

飯菜優劣分三等，便於學生自由選擇，逐日菜餚，進校門時，必經專員檢查，才許送到廚房，足見注重衛生。

圖書館藏書頗多，每年購置書籍費，預定一萬元。

寢室每間四人，自修也在室內，各室排設頗美，張先生說：本校學生因為學校徵收學費底關係，學生多是富家子弟，多帶貴族氣習，學校無法干涉。我以為學校生活，若果是社會化的，不妨盡量使學生平常在校底生活，跟他自己家庭生活同化，而施以相當底訓練。貴族與非貴族底差別，本沒有標準；物質文明底進步，本是天天向上的；祇要是他們財力所及——不流於奢侈——關於美的生活底陶冶；不妨使他們有相當習慣底養成，比較在校絕對禁止，絕對劃一，一旦脫離學校生活，不是奢侈太甚，便是過於醜陋，毫無美的興趣底實在強的多。不過美感的養成，和奢侈的習尚，不大相同，是教育者不可不注意的。

教授方面，我們專看國文，大概現在國內國文教授法，可分新舊兩派：舊的衹是注入的講解，新的便應用討論法。該校可算屬於新的一派。所見二年、四年兩級兩位教師，都一望而知他們是於教授法有經驗的，與老先生有別。

各級沒有級任，各科也沒有學科主任。教授標準，由教務會議定之，英文程度，比普通各校較深，三、四年底外國史、地、數、理，都採用英文原本。

訓練除不用消極制止外，平常有勸戒、警告，和家庭通知書，三種辦法。最注重的是課外各種組織底倡導，現存的有十餘種，有的師生合組，有的學生單獨活動。

參觀大學，時已當午，祇匆匆走過，未能詳盡。據說開辦伊始，一切設備尚不完全，校舍太小，正設法另闢新校於八里台，而以現在學校；設中學及女子部，現因時局變動，不知辦得到否？

在大學教室中，驟見幾位女生，除郭君，蔣君，是原來同學，韓君是先生外，其餘雖是初次見面，一時因我的範圍底擴張，也都覺得一種特別愉快之情，不是言語筆墨所能形容的。想來他們也有同感，課後即來相呼，各致歡悅之意，依依難分。張先生便留我們在校午飯，藉此得談話機會。飯後又到郭、蔣諸君宿舍稍歇，宿舍是學校另租，離校不遠，他們五人同住，伙食一切，自己輪流管理，理想這樣生活，大概很快樂自得的。

本校一切設備，卻很注意衛生，衹因學校附近一湖不甚清潔，所以校內到處臭氣觸鼻，空氣因之不潔。據說暑天更甚，我想這於健康有關，應當設法開鑿水流，消除污穢才是。

二時別諸位同學，到成美中學參觀。

成美中學，是教會辦的，共十一級，學生三百餘人。國文教授，是舊式的，專講篇法、義法，設備也無足記。因為校舍狹小，飯廳兼作圖書教室，倒是經濟辦法。

成美學校附近中西女學校，也是教會辦的，跟成美大概是一氣聯的，趁便也往參觀。

該校自幼稚園至中學校有十一班，今天星期一放假，算是替代星期日的。（普通教會學校是星期六和星期日放假。）

連著參觀三校，加以烈日當頭，天氣炎熱，大家都有倦意，所以成美、中西兩校，都衹忽略過去，不及詳細調查其內容如何。

回寓休息後，特邀錢丞令姐在百花春吃飯，聊表我們感激之心。其實她殷勤招待我們，出於忠誠，我們了解了她的心，衹有感激，衹有慚愧，那兒是行為言語，所能道謝於萬一呢？她體貼我們，不願意我們多耗費，也許這樣一請，反而辜負了她的好意，但是我們又何能自已呢？

二十五日／晴

原定今日有輪赴日本，北京來信嫌這輪太小，改期二十九長沙丸行，我們天津參觀底預定，仍得繼續，也算快事。

早起品三準時到，仍是六人同出，先到扶輪中學校。

扶輪中學校，是鐵道協會創辦學校之一。學校基金由協會同人按每年四季所得薪金，一定捐納多少，儲蓄來的。常費祇用利息，可以不受政潮影響，無經費支絀之苦，是該校特佔便宜之點。因此凡是鐵道協會同人的子弟，入學本校，都免收學費，以示優待。

學生人數二百八十，分九班，四級，一二年是普通科，三四年分文、理、商三科，三三制也正在籌備中。

國文教授，都用中學國文評注讀本，教授法大概是舊式的；聽說還不講語體文咧！平常對於國文、英文到很注重的：每學期每生限定須熟讀中、英文各二十五課，定期背誦講解，以別成績的優劣，是一種特別辦法。讀他們學生辦的扶輪月刊，舊文學底成績很好，可惜新文學底成績太缺乏，詳細未查，不知課程內容，究竟如何？

有學校銀行，為商科學生實習之用，各種表冊很是完備。每日課後開業學生每十人一組，兩星期輪流一次。全校學生銀錢一元以上，都可寄存，按期算息，養成儲蓄習慣，也很好的。

飯食由學生六人一組，每組兩週，輪流管理。每人每月飯費五元，實際還不需此數云。

該校建築甚為精美，參觀時一部分宿舍等，尚未告竣。

校長顧先生是同學顧君礽琬令尊，特早期招顧君到校接我們，留校午飯，飯後又為介紹到水產學校參觀，意致非常懃懇。

參觀水產學校，我們原有六人之外，多一位顧君。

直隸省立甲種水產學校，是直隸教育廳長孫先生創辦的，已經十年了，原定學生額數一百人，還不滿額，足見社會一般對於水產一項實業底冷淡！論起漁業，是我們挽回利權一個急務，甚望早日有人提倡！

到校由教務主任范先生指導參觀，范先生為人誠懇，為我們說明一切，甚為詳細。

該校現分製造，和漁撈兩科。范先生說：水產原分製造、漁撈、飼養三科，飼養是圖水族之繁殖，就我國講，眼前祇就天然滋長的，已足供漁撈而有餘了！所以還講不到飼養方法，不必另設此科。

范先生又說：實業課程底學習，空談不如實驗，吾國實業所以難於發達，一部分亦由於實業學校不甚注重實驗也。

因時局影響，學生紛紛告假回家。未能參觀教授，僅看設備。製造科關於罐頭製法，一個洋鐵筒，得費許多手續；漁撈科航船、佈網種種方法，范先生都為我們一一說明，看許多標本、模型，真正見所未見，聞所未聞！看漁船時，范先生說中國和西歐的，都各具特色，各見利弊；祇是日本人沒有特性，祇是東抄西襲，取長捨短，獨佔便宜。這句話可以應用到一切，思索之下，不禁惘然！

出水產學校，已是午後三時，別顧君到品三底學校少歇，泛舟渡西沽，約一時登陸，到北洋大學，因先期約定，不得不去，實在大家都神倦力疲了！

該校校舍占三百餘畝，建築在從前很宏大的。現在已經陳舊了。

僅看設備，遊行校舍一週，已經費去時間不少。走馬看花，關於各科教授應用底試驗品、儀器，和器械，僅能說一句：廣廣眼界而已。

登鐘樓，上置有大鐘，據說鐘聲可以達於河北！遠看林木蔥蔥，屋瓦相接，還有山水之勝，如入畫圖，使人精神一清，倦意頓消，祇惜時間太晚了，戀戀而別。

下鐘樓，出校門，仍尋歸途登舟。兩個舟子，來搶生意。為難！我們坐客，論理我們已先下了船，原無可爭競，可是看那年老的船戶，又覺得可憐！當兩難之時，恨不得兩邊拒絕，舍舟登陸，再雇車回。結果因為年老的爭論太沒理了，經巡警干涉，我們仍乘先坐之船，沿途看他的得意洋洋，想老船夫失望可憐，不免感情理性有不相容之苦，大家言之一笑。

夕陽映水，作金黃色，一葉扁舟，隨波光上下，清風徐徐吹著，別是一種幽情逸趣。歌聲起伏，驚動了兩岸紅男綠女，出戶逐船奔走，嘴裏呼「洋先生」不住，天真浪漫底語聲，和活潑跳躍底神氣，使人難忘。

到岸已是日暮黃昏，重見那擁擠行人底街道，頓起煩厭之感，回寓休息，讀宜妹信，即作覆。在暢遊之中，遊越暢，思親之心越切，所以寫信之念，時不能忘，大概是遊子特別的心境罷？

二十六日／晴

早起照常同出參觀，到新學書院。

新學書院是英國人辦的教會學校，我們一進校門，覺得很奇怪的：兩扇內門緊緊閉著，不見一人；摸索久之，試按幾下電鈴，才有一僕從旁邊小門走出，我們交好介紹書，稍等，院長出迎了，是英人牧師的服裝。原來該校管理訓練，不專設職員，一切都由校長、教員共同負責。學生在校，於一定範圍內，很自由的，稍越範圍，便絕對不通融了！譬如每天若有遲到，必得聲明正當理由，是情有可原的，才許照常入校上課；否則停止全日功課。所以要關門，就是這個緣故——也防上課時學生外出。

到校已十時，適值他們每日朝會時間，我們也加入列坐。對那尊嚴儀式，和雄壯歌聲，不禁精神上受一種暗示。唱歌後，講經，禱告。既畢，又報告些學校臨時事務——由各當事教員分別報告——足見他們對於校務很認真的。

教授方面無可記的。有學校博物館，陳設各種儀器、標本、模型，和歷史的掛圖影片很多，如耶教徒足跡所到各地土人自野蠻狀態漸漸進化，設立學校，改良風俗等，覺得耶教徒勇敢救世底一種精神，實在可佩！

參觀畢，出校，歸寓，天氣炎熱，下午衹在寓休息。

二十七日／晴

連日品三因蒙養園放假——該校開校紀念日——得陪我們參觀，今天她上課了，我們祇好自行出去，參觀她的蒙養園。

到了蒙養園，見她正在彈琴，那些小兒童環著遊戲，天真可愛。祇惜時局影響，來的很少——不過十四五人，遊戲完，積木，任他們自由積成物體，保育者祇在旁指導幫助。又導觀小學，祇匆匆走過，記不得什麼。留校午飯。

飯後炎日稍殺，回寓，適級友吳君來訪，驟見甚喜。因為她剛從北京來，便問北京情形，知同學們決定二十九日來津東渡；更覺快慰！

二十八日／晴

首途既有期，此心便有著了。上午幹些瑣事，下午休息，寫信。顧君來談約一小時。

二十九日／晴

早走別顧君，並致謝忱，進謁伯母，承她殷勤款待，又使我們生一番感激之心。茶點後，到南開學校，說是參觀運動會——天津各校聯合運動會——也為告辭蔣、郭諸君。

到南開學校，承他們已為預備特別席——都為我們學校底緣故，入座後，晤蔣、郭諸君；張、顧兩先生也來相見。限於時間，稍談，便告辭歸，已正午了。

飯後，門聲響處，李先生來了——是領我們旅行底團長，本校底教務先生，一見欣喜，知今日之行一定成功了。羅、劉、張、高諸位級友，也先後至；彼此相見，說些別後狀況，我們覺得不虛津門旬日之遊。

下午四時，隨李師和同學們遊俄國公園，園裡景緻很好，惜時間匆促，不及細細領略，看遊戲場遊客——多俄國人，小孩子尤夥——都帶著活潑有興趣底神氣，與中央公園所見那無聊無賴底男男女女，祇在茶棹叢裡悶坐看，有些不同。

晚飯，姐姐——錢君令姐——餞宴於百花春，日間同遊諸位師友都在座。飯後便是登輪時候了！我們回寓取物後，同學們走。小住九日底宏濟里，從此別了！回頭看那人去室空底蕭條，不禁為屋子起淒涼之感，屋子知道嗎？路上起種種感念：姐姐底優待，覺得不安；品三數日底小聚，更是難忘。「聚散尋常事」，誰不能說呢？但真能忘情的，又有幾人呢？相逢出於意外的，卻無端引了她孑然獨留之感，不是多事嗎？

不覺到碼頭了！長沙丸底輪船——日本船，在前面，我們登舟了！坐的「並等艙」，這些同學共睡一大床。他們先到，已經安睡，我們幾乎無地可容了！但想到共同生活的滋味，樂趣也就在此中。

船明早開，今晚留品三在船上。艙裡空氣鬱悶，我們一時不能睡，便三人——心阮，品三，我——同到艙面閒散，憑欄看岸上行人漸漸稀少，黑夜沉沉！蹀躞走底，祇有荷槍的巡警；忽然聽他發操令聲——一，二，三——自呼自操地踱來踱去；替他想，一定無聊極了！所感覺的：祇自己底呼聲，送到自己底耳鼓；和自己底腳步，照入自己底眼簾；也使是寂寞中底慰藉了！

佇立多時，李先生走過，看我們不睡，便領到食堂，坐下閒談。我記得有一句很沉痛底話，李師說：「在這過渡時代，演出種種過渡底慘劇，苦痛有所不能免，祇好自己忍受著；要想求生路，不得完滿底解決，必反而自陷死路了！」咳！過渡時代！多少不幸人底幸福，為它犧牲呵！青年人創造自己底運命，要何等慎重！

看時計已二下，乃入艙睡了。

二、天津——神戶——西京

四月三十日／陰

一夜裡，品三慮著船開，沒得安眠，天曙，到了分手時候了！臨歧惘悵底情緒；祇相對無言，又不忍別——但她竟恝然上岸了去，遙遙悵望，終至不見！

六時許，船開行了，鑼聲數響，岸上送行底人，漸漸遠了，一片絹子，幾聲再見，那敵得住海風萬里，直送輪船到浩渺之鄉呢？自食堂小窗外望，默送我們的，祇有那因風微動底綠葉，俄國公園，昨日登臨的，今天也成過眼雲煙，瞬息不見了！

八時，早餐，日本吃法，雖然口味不對，每人一份，倒很清潔。

船裏光陰，過得太慢；艙面閒眺，一人又覺無聊！寫些宜妹信，午飯後，直睡到四時，再至艙外，船已在不見兩岸底海中了！對那蒼茫無際，時起「何處是我家」之想。離津日，正奉直開戰，不知影響如何，家中人不正在惶惶嗎？同學們也都出來，白浪滔滔，引起眾人意致，歌聲洋洋相和，又擲環為戲，可算是學生旅行底特別樂趣。

風起船漸動，同學們有些不耐了，我怕艙裡氣悶，又愛海景，祇在船欄倚看；一波未平，一波又起，船行海裏，正像人生宇宙間。天色沉陰，直至於無所見，禁不住寒氣襲襲，便就寢。

五月一日／晴

早起仍不見日，梳事後，艙外倚欄作書，幸喜風平浪靜，一夜酣睡，今天有緣再見海神！午飯後，覺微暈，臥不敢動，稍平復起，浴後精神甚清，獨對海上的黑夜，聽濤聲澎湃，頓覺天然的尊嚴，偉大，無限神秘之感，真是歸化天然的一個好機會呵！但竟無勇，祇惘然，悵然重返艙裡，得輪船贈紀念片，逐一寫好，預計後天抵門司可發。

二日／早陰晚晴

早起登艙頂船後，看船身潑水前行，水光又成一色，白碧相映，使人沉醉。船行安定，水卻波濤起伏；船可比人們的心，波濤就像世事底紛擾，處世應當如何？於此可悟！

閒著沒事，隨便寫寫。向晚夕陽在山，閃灼金光，直射在船檻上，水光天光中，頓有一片紅霞底光，朝鮮島隱約可見了！無邊際的頓見有著，也是行客一種安慰！遠山林木蒼蒼，綠草如茵，心裡想：在那個地方築室住下，真是清幽適意。

夜遲，同學們深睡，我靜寫家書，聽水聲輪聲，也別有清閒之快感，到浪濤漸湧，不耐顛簸，方朦朧睡去。

三日／晴

醒來已紅日照檻，起視海面陽光燦爛，又是一種景色：遠處浪花點點，映成銀花朵朵，浪愈大，銀花也愈多，閃灼眩目，煞是好看！

船行朝鮮海峽，因水流相衝，播動驟甚，艙裡看同學們都昏睡，我也不免漫遊黑甜鄉。

午後三時抵門司了，兩岸屋瓦櫛比，都建在山麓；山上樹木森森，遠望若一層絨毯！看不見樹幹子——比較我們國內到處童山，既不相同；而人煙底稠密，鐵橋相接，煙筒相望，是興旺底國家，是地小人多底國家，又於此可見！幾隻小船，鼓槳前來，許多乘客，都渡他上岸，我們同艙幾人也走了，看小輪嗚嗚開航，好像也帶些別意。

在門司停一小時多，又開航了，晚飯後，艙外看海裡燈塔相望，不禁想起冰心曾對我說：守燈塔是最好的職業，既可遠離城市，對社會又是有職務的。冰心愛海，此行若她同來，不知又增多少詩趣咧！

四日／晴

午後四時，船到神戶，遙望的山林屋宇，已漸近到眼前來，乘客歡天喜地說「到家了！」。我們卻一半喜歡，一半惆悵，兩岸遙遙，越是隔絕天涯了！船停，有許多日本新聞記者來為我們照相。離大輪，下小汽船，有幾位本國留學生相迎；聽說國內戰事很烈，又傳吳將起死信，不知底細，令人悶悶。

登岸燈光燦燦，箝在高巍底屋宇，街道廣闊平坦，固是新鮮眼界；但屐聲得得——日人穿的木屐——入耳也夠心煩了！到田中屋旅館少歇，就到火車站搭車赴西京，沿途點點燈光，映入水中，想來風景定佳，可惜夜裡匆過！

深夜十一時，到西京車站，原約即至同志社，因輪船誤期，約時不準，他們早已來接，回去了。祇好先覓旅館住下——每人一宿一餐費三元——入館席地底起居，頓憶起六年前台灣之遊，祇父親挈著我，我不能梳，父親還替我理髮呢？時異事遷，深深底印象，怎能忘記？

五日／晴

早起從旅館到同志社——是日本基督教會一個機關，社內設有男女學校——先有女校學監主任，和學監出見，略與周旋，他告訴我們：這裡有八位中國女學生，在本校肄業——少坐，她們都欣欣然來了！使我們安慰的：異地得聞鄉音，祇是她們都穿上日本衣，寬袖拖拖的，實在觸目有些難受！她們久客，深受刺戟，驟見我們團體遠來，自是格外喜歡；所以為國家的緣故，款待我們，特別深切周到。我們受之總覺得不安！

在社稍歇，即出參觀，到京都府立第一女子高等學校。

日本女子高等學校，名義上就等於中國女子中學——不過程度淺些——在該校尋常參觀外，見他們禮堂，高揭校訓「貞淑」兩字，我們看來未免不慣，在日本卻是一般女子教育的要旨（以後參觀各女校，關於這類字屢見不鮮，所以知道。）。

無意中，遇見一位台灣林女士，在該校肄業；知我們來此，特地相訪，穿的日本服，說的日本話——台灣話我們也不懂——言語不相通，但看她喜歡的神情，又訴客中的孤寂——筆談——不禁滴下我觸目傷心底幾點熱淚了！她原是漳州人，父母都在台灣，她名作彩瑁，說：畢業後願到中國服務，我也希望能成事實，特誌於此。

午飯返同志社，飯後參觀帝國大學，祇看文科、理科、醫科、各部陳列室、研究室、解剖室等；設備自較國內所見，完備得多！

西京是日本舊日皇都，所以他們稱做「京都」，四面環山，風景之佳，有日本公園之稱。出門到處見青山，蒼蒼可愛；日本式的屋宇，存古樸風，散步其間，若身入中國的古畫圖中，有清幽感。

六日／晴

上午參觀京都府立第一中學校，和日彰尋常小學校。

在中學校足見他們教育精神的，也是校訓「忠孝」兩字，真是君主國的特色！

日本尋常小學校就等於我國民學校，是義務教育，期限六年，我們參觀該校，校長曾為談語，大要可記一二：

本校在京都中央，多富家子弟，大概各國情形相同，富家子弟，多飽暖過度，身心發育，反而不好，所以本校對於此點，特別注意。

重兒童個性發展，學生自治由他自定規則，兒童圖書讓他自行管理。課程方面，圖畫不定劃一的畫本，我們所見五年級圖畫課，是一個題目，畫「自己家庭」；手工也任他自由製作；算學練習，憑個人能力所及，有的一小時可作三千多個問題；唱歌獎勵兒童自作，信口製成，教員即替他加譜，使各生合唱，據說趣味漸濃，作者漸漸多了。參觀時曾集許多學生為我們唱歌，如青山、太陽、算盤、巨頭翁、雲、紅葉，都是所謂童謠，是他們自己作的。

男女分班教授，據說訓練上男女共在一塊，是正當的；教授是因便利，和習慣關係，所以分班。

設備完全，注重理科實驗，實驗品兩人有一份，教授地理，有暗室；我們所見正在說明東京平和博覽會，映出實景。

最後，校長還對我們說，希望彼此開誠研究教育——是教育家的態度，比較那些徒說親善的，有些不同，臨行攝影紀念。

下午遊本願寺、博物館、清水寺，又到圓山公園。

西京多名勝，今天所遊，可算代表地方。本願寺是七百多年的古寺，寺中四壁裱著許多古畫，據說是東洋美術品，是日本傳國之寶。看守者鄭重為我們說明，都是些我國古代歷史畫：如娥皇、女英、商湯祈雨等；足見日本文明史史關係於中國。

博物館中見中國古物不少，都標以「中國得來」四字，同學們不禁有文獻散失之感！其實日本文化，何一不發源於中國呢？許多佛像經典，聯想到沿途所見神廟，和本願寺裏，許多虔心拜佛底遊人——日裏念著頌詞，手裏拿著喜施錢，紛紛扔在神位前——是體神意行善——足見日本國人迷信思想很盛！也可推想日本物質文明，是器械的驟進，至於思想方面，還停滯在風俗習慣裡，不脫宗教色彩！

沿小徑上清水寺，途中許多墳墓，每墓所佔面積甚小，上設石燈，全家累代底死人，都葬一穴下，因為他們是火葬，祇存灰燼——我說日本人處處經濟，許他這個也是一端？像中國人墓盤之大，實在比他不經濟多了！

登清水寺，林木陰翳中，時見雜花細草，紅紫相間；遙望山間曲徑無窮，亭閣錯落；遠景如畫，惜同學到此，都帶倦意，我也祇得敗興下山。路過圓山公園，最是西京勝景所集，遊人往來甚多，（在他們國裡公園是不收入門券的。）我們祇在路旁休息著，聽潺潺泉水，從山間流出，聲聲如訴，又像合拍的音樂，歌出宇宙的神秘，使人徘徊不忍去。

七日／早陰午後雨

早赴西京留學生會的歡迎會，也就是五七紀念會，在帝國大學禮堂裡。客地與這些同胞相見，原是樂事；但今日何日，看那垂頭喪氣的兩面國旗低掛著，又高揭「中華民國萬歲」的祝辭，一陣悲痛之感，正為黯淡的天色所引起。再聽李先生國內亂象的報告，和會長二十一條件的宣讀。句句刺耳傷心，不意可樂的歡迎會，竟深印在我腦海裡，一種「楚囚對泣」的慘像！咳！五七紀念！我永久不能忘的！

出會場，已十一時，天空密布陰霾，為受時間支配，祇得冒雨遊琵琶湖。

琵琶湖是日本巨浸，因湖形似琵琶所以得名。湖光秀媚，可比我國西湖。湖上有八景，我們泛舟湖裡，特得雨中幽趣：有那隱約出沒的遠山，在煙霧朦朧裡；更有那波光蕩漾，映出雨點跡跡，時見披簑漁翁，一舟獨泛。舍舟登陸，崎嶇的山路，滑硬的皮鞋，拿著雨傘，牽著心隱，兩人相依為命，不提防便要一落千丈，遺憾終古！很濃的興趣，都受雨天的特賜，祇惜禿筆不靈，描寫不盡，下山正聽三井寺的晚鐘。歸舟天色轉晴，夕陽一線，正映彩霞。今日之遊，可謂樂極！同遊的還有同志社八位，和林彩瑁君。

八日／晴

早火車赴大阪，車上擠極，幸喜兩岸有遠處秀麗底山，近處碧綠的田野；再有車上旅行的小學生，唱出活潑的歌聲，使人陶然，忘記此身在擁擠的人群中。約一小時，到大阪。先參觀大阪每日新聞社，建築五層磚樓，規模甚壯。祇看印刷部，各種器械，限於時間，約略過去。

到女子師範學校，是日本始創的女師範校。校長創辦以來，已經二十二年在本校了！辦理情形，無甚特別處。校長談話說：大阪商務發達之區，社會一般都看重物質，道德容易墜落，所以本校注意於此；要養成正直、熱心、樸素的師資，去擔任教育。又說都會居民，多不講究衛生，身體多不健壯，女子尤甚，所以本校注重體育。

參觀兩處，原想即赴神戶，而市政公所派的引導員，受中山太陽堂之託，堅請我們前往；無謂的延時，在他們固表示十分殷勤，送禮物、照相，但我們看透他的心理，徒反增厭煩之感！當時現於神色，也太難為他們了！參觀工廠，二千工人，有一半女的；造粉製胰，分工精細，成物甚速，到是很有趣的。

離大阪，火車行一小時，到神戶，已五時多了！原想參觀神戶造船廠，太晚不得看，過領事館稍歇，候車返西京。

九日／晴

早，參觀同志社女子高等學校，本校分兩部——高等科，和普通科——普通科就是普通的高等學校，高等科是專門性質，現分英語、漢文、家事三部；大概是現在要提高女子教育程度而特設的。略看教授，因時已晚，赴島津製造所午飯之約，匆匆即行。

島津製造所，據說是製造理科用品，在世界有名的——聽說我們國內學校所用的，也多從這裡買去——到所先參觀各種陳列，也算廣些眼界。飯有生魚，是日本人貴重食品，我們卻沒有一人吃得下咽。飯後又為試驗電管、音叉、X光線等；X光線是我第一次看見的，到覺有趣。日人處處要聯絡感情，而不自然的態度，徒增反感！今天曾藉音叉共鳴道理，表示中日關係；我覺得國際觀念不能忘，欲免吾人對於日人不快之感，總是不易的！

出島津製造所，同幾位同學離開團體，參觀家庭博覽會，是各商站把他所出的家庭用品，羅列出來，當作廣告；分衣、食、住三部。對於風俗，可以略見一斑。物價昂貴，覺得日本生活程度，比中國困難得多，也是物質文明發達底結果。

十日／晴

早七時半，赴同志社女校的歡迎會——是他們朝會時間——並約我們為他們講演，讀中國詩文。到會後，先有校長報告，致歡迎詞。李師答詞後，廬隱講演中國今日文學之趨勢，其次俊英等先後朗誦詩文。散會時，三呼萬歲，敬祝我們北京女子高等師範學校，也祝他們本校，到是一時的興高采烈。

返住處，校長又集我們談話，大概說：現在日本女子教育的趨勢，已有男女平等的要求；提高女子中學程度，已經在女子教育會議提出；文部省也獎勵尊重女子的習慣。至於女子自身的覺悟，也一天發達一天，在學校裡常常自己要求加深課程。我想；這是不可遏的思潮，當然可以漸見成功。對於社交問題，她說從前學校好像巡警的嚴防，今後漸漸解放，應當使男女對於性的觀念，漸漸渾忘，才能以人格相見，而至於自然。又問起日本離婚的何以如是之多？她說：原因有一——一半是婚姻不自由底結果，一半是不慎重的結婚，女子又沒有反抗力，常是男子方面任意提出——不過現在女子漸有能力，漸漸不肯忍耐，由女子提出離婚的也很多。希望以後社交機會漸多，兩方都取慎重態度，就可免去慘劇。問他男女教員底待遇，她說不平均底緣故，是為生活負擔有輕重；並且男子功利主義，看重在薪金多少；女子則勤於用功，雖然薪金少，祇要有益於學問，都是不辭——她自己是留學美國哥倫比亞大學研究教育的，在本校已十五年了！

下午參觀本社大學，分神、哲、理、法各科。略觀設備，未詳底細。有所謂詩文朗誦會，又是請我們讀詩文，在禮堂裡滿座學生聽著。本社總長為我們談話，先說日本古代文明關係於中國，又說希望中日聯絡，將來做成東洋文明……

會後，集本女校兩位職員，和林彩瑁諸君，合攝一影，留為紀念。

晚飯後，女校寄宿生又開歡迎會，致歡迎辭，奏各種音樂，又自由談話。有兩位日本學生，邀我到她宿舍去，不完全的英語，聊且敷衍；覺得她們一種拳拳之意，的確出於真情。夜遲告別，且約通訊。

十一日／晴

清晨火車赴奈良，車上一隊隊底小學生和女學生，背水囊，攜「便當」（一隻小盒中藏飯菜隨時可食），都是旅行去的；想見他們教育盛況，令人讚歎。九時到奈良，逕往奈良女子高等師範學校，本校編制自蒙養園，到高師本部，很完備的。

蒙養園有兒童一百六十多人，保姆七人，本校有保姆養成科——入學的是女子中學或師範畢業，修業一年——每日八時至十時，和下午是他們自己上課時間，十時至十二時，在蒙養園實地練習，藉可幫助保姆的忙；很經濟的。日本人慣冷食，學生都帶「便當」，在校午後；蒙養生也是這樣，飯後一時才放回家，保姆看著吃，也許可以養成吃法的好習慣。

附屬學校，有小學校，和實科女子高等學校。在小學校參觀地理教授，正講到中國武人政治，說軍閥專權中央政府沒有勢力，由他們說來，更足使人痛心！

實科女學，特別注重理科、家事。其實日本普通女校，都注重家事，設備底完全，實習底講究，不必特別注重，都比中國各女校注重得多了！女子高等學校學生畢業後，就是出嫁，服務家庭——本校畢業八十人中，有五十多人，但據說現在有志升學的漸多了——所以他們教育眼光，都射到家庭實用方面，近年來日本人娶婦，必娶女子高等學校畢業生，就足見他們教育底成功！我們常笑他們蔑視女子人格，僅僅是賢妻良母主義教育！但平心說：中國女校太不注重家事底流弊，使一般女學生徒具理論，沒有實際；實際上也受不少的虧，未始不可參考他們實際情形，做我們改良的方法？

女高師本部分文、理、家事三科，祇略觀設備。談話中，也說到注重家庭實際方面。

在該校吃所帶「便當」後，遊奈良名勝大佛殿，殿中有大銅佛，是一千二百多年的古物；

高五丈許，撒手趺坐，周圍可九丈。殿高十六丈，有大柱，徑約一丈；是日本有名底建築。又遊春日神社，社外有鹿成群，土人稱做神鹿；在德川時代，殺一鹿，與殺人同罪。匆匆返西京，到同志社晚飯後，跟幾位同學到市上購物，回來大連諸位開歡送會。

十二日／晴

上午參觀京都府立師範學校，本校特點；師範本部，前三年普通科，後二年分文、理兩科；文科注重國語、漢文；理科注重數、理；由學生志願選擇，特別增加本科時間。其次就是小學，有第二教室的編制，專選京都各小學校的優材生，施特別教育，盡量發展他們的天才；參觀算術教授，練習心算，應答極快，的確跟普通兒童不同；當教師的也非具有敏速天才不可，問他設計教授法，祇手工科已有，他科尚無。心理試驗，和技能測量，都正在設備中——他校尚未聞有此。

下午赴台灣學生底歡迎會。會底主體，是台灣有志者組織的；今日就用這個名義，歡迎我們。全會一百多人，今日到者二十除人。聽那出於真情的歡迎辭，稱我們同胞姐妹，又不禁使人起無限悲感！最後一句說：總希望有一日轉機，究竟在於何日呢？唉！國語不相通，李師對他們演說，還用日本話，也可歎了！林君也到會，限於學校請假時間，匆匆先走；對她前途默想，總使我心起無窮之戚戚；臨別黯然，祇珍重說：後會有期！

夜八時，到了離西京之期了——從同志社到車站，送行的很多：同志社學校校長、學監外，有許多學生——前天兩位也在，別淚潛然，使我感動，覺得人類果真是相親相愛出於天性的，不應再受不自然的國界的限制，來隔膜彼此的真面目了！最難過的，要算大連旅順八位姐妹，自前天知道我們將走，就哭泣了！此時此景，更是何堪！到此，祇恨天公多事，賦人情感，使人有離合悲歡之苦！

三、西京—東京

十三日／晴

早九時抵東京車站，一夜勞頓的精神，到此稍振。下車見迎接的人——本國留學生，和些日本人——男男女女，應接不暇；是故舊相逢的，都現出愉快的神情。我認識的：有這次從天津同到神戶底鄧師姑，和九年前同學，而久絕音問底鄭君聰貽，再有我所渴欲見面底婉妹—相別五年了！好在平日通信不斷，所以一見如舊，也格外喜歡——因此我在東京旅中，便覺得特別有慰藉，她對於我們旅行團，也覺得特別有感情；都是一種自然的心理作用呵！

出車站，電車赴日華學會——是日本所謂「財人法團」組織的一種機關，專招待，或者介紹中國人，來日留學，或旅行的——決定住下，同學十九人，分寢室三間，都是席地而居；另外有一間飯廳，是排置椅棹的。

飯後婉妹和同鄉諸君告辭——同來的又還有翁、施、虞三位，都在日本留學——，我們遵團長囑，祇在寓休息。瑣事畢，睡到天黑。晚飯後，婉妹來，同出買平底皮鞋一雙——在西京幾天，穿了高底鞋，實在不便旅行——東京都市繁華底氣象，大非西京幽雅可比，商舖相望，多西式建築，一改日本本來面目；電車往來隆隆，電線交錯如網，嘈雜之感，使人心煩！

十四日／晴

早起，本會理事賓野氏，集我們談話，無非是歡迎，和祝頌的意思。說：現在世界趨勢，教育很重要的，希望我們這次參觀，能得好結果，回到中國去。

十時，到東朝日新聞社參觀新聞展覽會，到社，先進茶點，有社裡一位幹事致辭，說他到過中國，對於中國新聞界，有些感想，希望我們以後注意；因為新聞也是教育之一種，跟文化很有關係的。再說，便是中日兩國文化之關係……。替他當翻譯的，是一位李君，接著發表自己意見，是新聞界實情的報告；說日本新聞界發達，尚遠不及歐美，在歐美平均三人有一份報，日本四十人才有一份；在日本東京一區，有新聞社二十七所，全國三百餘所；每日出報三十二萬份，中國呢？平均一千人一份報，每日出報二萬餘份；相形之下，應有何感！他說看報的需要和程度，與教育普及大有關係的；確是實在情形！朝日新聞，和大阪每日新聞，是現在日本規模最大的新聞社；朝日新聞社，是明治三年創辦的……。

展覽會場，分兩部：第一部是關於收集新聞材料的方法，和編輯、印刷的手續；分門別類，職有專司，自然成功精敏。看完，對於出版物的常識，真覺增加不少！李君隨著我們，詳為說明，語中又時露出微昂之氣，如編輯部另設支那部，不免使他發牢騷了！有奉直兩軍現勢圖——他們對於中國這樣注意，中國卻如何呢？第二部所看是日本新聞界前後進步的情形；在明治一、二年，還沒有新聞呢！進步的原因，無非由於物質的發達，交通的便利；我想這未必是人類之幸，消息越靈通，人事也越複雜，戰爭之機，就伏於此了！看那理想的送報法，由飛機散下，任人取閱，也許共產生活可以實現，再推而至於世界大同；但究在何日呢？也算是我今天參觀新聞展覽會底一點感想了！

參觀完，新聞記者不免問我們來日感想等等，有幾位同學寫些給他；廬隱對他們的女子教育，有所批評。休息，攝影後，回寓。

下午參觀遊就館戰品陳列所，是他們提倡軍國主義特別注重的，關於軍國教育的厲行，於此也可見一般了！森嚴的兵器羅列著，慘酷的戰圖懸掛著；功臣武將的畫像，更顯出無限的光榮！觀覽之下，對於中國平壤戰後，一敗不振的種種國恥，既不忍細想；又不能不暗歎他們軍國之夢，不知何日覺醒……橫飛了多少無辜人民的血肉！犧牲了多少活潑青年的生命！看那斷臂打腿的照像，實在使人痛心！

參觀完，到建盧——婉妹和同鄉諸君底住處——對他們清靜幽雅的生活，想見他們平日底樂趣；話新敘舊，夜遲始歸。

十五日／晴

早起汽車來——是文部省天天特派來招待我們的，在西京坐電車，要多走路，在此舒服些——到學習院參觀。

學習院是貴族教育機關，編制分三部——尋常小學六年，中學五年，高等三年——入學的多是皇室和貴族的子弟——現在有三分之一底餘額是平民——教育目的，在養成社會上一般善良底紳士，即重人格教育不像普通教育注意實利；所以試驗以行為做標準，不以知識。辦理情形，滿帶貴族氣、貴族階級，於此可見。不過他們君主國家，皇室貴族之人，多從事武功——本院院長多是軍人——所以在校養成耐勞習慣，早起早睡，規律很嚴，將來對於國家更要負重大責任的。乃木希典是日俄戰爭名將，當明治之死，他以身殉主，又因他自己帶兵，所害的生命太多，特自殺以謝國人；我們昨天在遊就館看見他的遺像和臨死情形，今天見他在本院當院長時的住處，一切陳設，都因其舊，足見他平日生活很儉樸勤勞的。據說，本院舊日習尚奢侈，得他感化不少！他是武人，又是學者，是道德家，又是教育家，本院永久紀念他，引導者為我們言時，讚歎不置，人亡物在，也不禁使我們欷覷歎息！日人對於豪傑底崇拜心，特別誠篤有精神；此可概見。若是乃木能夠把他臨死底悔過精神，在他國裡宣傳，也許可以為他們一般武人，闢一線「人道」之光罷！我國人在本院肄業的，先後有張文襄和黎黃陂底公子——曾出現——在院裏另舍居住，很優待的。

再到日本女子大學參觀，本校以家政科著名，校舍甚佳，家政科種種設備，如烹飪室、洗濯室等，都極完全！學生宿舍，建築作家庭式，院落相望，在秀美的天然景中，使學生實際練習家庭生活，尤其特別。

校長談話，說本校教育方針，定個目標，是「信念徹底」：一、以宗教精神，養成個人自己底信心，即獎勵自己對於自己生命底確信，無所懷疑；二、養成自發的創作力——尊重女性，確信女子不是沒有創作力的；三、共同生活習慣的養成——使同學彼此多接觸機會，互助互愛，去掉自利心。這種「信念徹底」主義，可說是他獨創的理想在日本女子教育中。實行方面，有學生自治底組織，一冊《自治生活計劃》裡面，分為七系——修養系、研究系、趣味系、農藝系、體育系、榮養系、整理系——看來很緻密；不知究竟如何。問他畢業生狀況，多數服務家庭，希望以後能多在社會云。茶點後，告辭。

午後到細川侯爵家，是日本一位貴族，日華學會會長。幾位領我們同來底日本人，看見他都脫帽垂手，有凜乎不敢犯之意。聞說若不是我們特受優待，而這位侯爵，又是特別提倡平民主義，恐怕常人不易瞻仰罷！見面同我們數語致意，即退。他的家臣，領我們遊覽堂院林園，堂中陳設，有所能樂之衣——古代歌舞者穿的禮服——據說是中國物，隋唐間流到日本，現在中國看不到了！園裡丘壑高低，點綴成趣，茶點在山上平原，一時遊興怡然，大家笑語自若；對著天然底美，忘了此身在於客中！茶點後，侯爵又出，同我們攝影面別。

再到三井男爵家，是婦人平和協會底歡迎會。該會以謀世界和平為宗旨，日本貴族界婦人組織的，當然是應現在世界潮流而發起；即如這次在和平會議，提出關於世界和平的條件，又援助世界各國有困難的國民——如這次救濟羅馬尼亞災民——先有理事致辭，重要的話，還是說中日兩國國際關係，世界和平，要從鄰近兩國做起……又有一位會員，曾受張文襄之聘，在武昌創辦女子師範學校；中國語還依稀記得，特作一篇古文式的歡迎辭，無限感舊之意，自己格格宣讀出來歡迎我們；我們也不禁為之解頤心喜！廬隱答詞，也是希望應世界和平趨勢，能達理想的和平……遊覽之餘，也進茶點，他們會員到者也二十多人；彼此不完全的英語，敷衍的談笑，帶著交際場中一種不自然的心理狀態，實在沒意思！

十六日／微雨

早起參觀東京女子高等師範學校。

該校設立已四十七年，現在編制情形，本部分文、理、家事三部；又有圖畫專修科，修業年限三年。附屬機關，有女子高等學校、小學校，和蒙養園。又另設臨時教員養成所，分理科家事科、體操家事科，和國語漢文科三科；還有所謂倚託科，注重裁縫，家事。

女子高等學校普通科外，有專攻科，大概與西京同志社女校性質相同，也分國語、英語、家事三科。

小學分三部；蒙養園分兩部。

總觀本校，日本女子教育各機關，都完備了；感動我們最深的，總覺得他們女子教育，偏重家事！校長談話，對於本校教育方針，一方面說養成教育人才，擔負教育責任；一方面還斤斤看重發揮女子溫良天性，養成日本少女德行——溫良賢淑，是日本女子美德——其教育如此，足見日本一般女子，特別謙恭卑遜，富於禮貌的態度——尤其對男子為然——不為無因的！難得我國周禮內則底餘風，於此可以復見；但對於女子人格底輕視，未免太無理由了！

記得在京都府立第一中學校參觀時，問及女教員情形，答說一般學生，對於女教員不信仰，是社會習慣使然；所以各校實際不大任用女教員。即在女校，我們常見擔任體操、音樂的，也是男教員！在日彰小學，有三分之一的女教員，已算比較多的，其餘普通的祇有十分之四；於此也可見日本女子在社會上位置底一斑了！據我觀察；日本女子能夠獨謀職業的——工廠裡有女工人，商店、旅館營業的多女子——固比中國發達；但不過生活上需要，都是勞工方面。至於精神事業底發展，和一般女子底理想，實在還不及中國——依教育發達情形面比較——她們自身，也都以為服務家庭，是女子惟一底天職！很可怪的，就是對於我們這次參觀團的言論行動，常顯出一種驚奇的評語，以為中國女子教育進步很快！（一半原因也是他平日，對於中國情形毫無所知，太看不起中國了！）但我們平心而說：教育方面，他們注重實踐，已見成功；我們縱有少數理論很高，實際究竟如何？反躬自問，自也自明；要說教育進步的快，自也未必！

參觀小學，與其主任談話，可述一二：

編制分三部：（一）女生單式編制，（二）男生複式編制——從前是二學級編制，因其適於鄉村教育；今則此種編制法，已漸推廣，已見效果，無研究之必要，便改行研究其他。足見他們研究精神，和師範學校對於一般教育界所負的責任——（三）男女共學，也是單式編制。二部完全依照文部省所定課程；（一），（三）兩部，稍有出入，尚在研究之中，未得認可。

（一）部學生，畢業後可以無試驗入女子高等學校；第一二年有直觀科；第四年有歷史、地理科；第五年有英文，每週五時；都是特別處。其所增鐘點，皆減少國語、算術時間而得；因國語、算術在高等女學校中，可有機會學習；至於理科，在現代小學，都很注重，所以本校特設直觀科。

（一）部特別處，在於課程增減。至於（三）部男女共學，是教育宗旨上底改革：從前女子教育，視為女子特別教育；本部男女合同教授，要完成女子為人的人格教育，是不同處；要以發展個性為主。

教育方針，重在自學、自發；每日課餘，另有自修時間，使學生對於自己得意學科，特加研究，教師輔助之。

又談到設計教授法，本校已實行，因時間不巧，不及見，承他特為說明，略記如下：設計之名，在數年前稱為演習；演習之名，容易與海陸軍底演習相混，但意義大不相同。又與練習、複習相似。但練習、複習不過把所已習的，反覆熟練；所謂演習，必定將所習的得發表機會，能夠應用於新的方面，創成新的知識系統。即如算術科，教授度量衡，則必使應用到寄郵件——如何寄法，重量關係如何，寄與何人、何地等等觀念，都由此而生；能夠得一種有系統底常識。又如園藝課，使其實地練習，自擇土，買種子，至收成經過種種手續，都使預先自為設計；無形中可得許多經驗，又可應用無窮。與從前注入的教育，一切都由教師命令的，大不相同！從前是死的教育，現在是活潑有生命的；漸漸發展個性的自由，教師不過參加意見，從旁指導。

各科雖然都可應用設計教授法，但有難、有易，在施行時體察實際情形。惟修學旅行時應用最宜，效果最大，因為學生對此興味最濃。——在日本學校，都很注重修學旅行的。

但此種教授，流弊所及：使學生精神上發生不安定現象。教者既然一方要除去定時劃一之弊，一方面也不能不注意到這弊病所在。

蒙養園共兒童一百八十人，六組，分兩部：四組是同年歲的兒童為一組，其餘兩組是混不同年歲的為一組；教育的價值如何，正在研究中。保姆六人，有保育實習科學生十八人，幫同保育，平均每人擔任五個兒童。

蒙養園主任，也是一位男先生，是兒童教育家；對我們說：蒙養園是家庭的補助教育，重在兒童身體底健美發達，與精神的修養之基礎；不應當以智育為重，而偏於規則的；那就變成小學校教育了！中國從前幼稚園，有教授認字，太板、太繁；日本也患同病，現在正極力改良云。參觀時，功課已畢，特為唱歌、遊戲，又分贈我們所作的手工作品，和中日小國旗；一種活潑神氣，使我們歡喜出於真情，歎人間最純潔的，祇有小孩子！

參觀既畢，午飯有該校學生組織的櫻楓會——大概就是校友會性質——歡迎我們；是家事科學生自烹的西洋菜，很緻美的，可惜我吃得不對口！席間，校長致詞，說：兩國同種同文，應彼此提攜，共造東亞文明……李師，盧隱繼以答詞。

餐後，有幾位該校同學，陪我們同出到附近教育博物館，參觀體育展覽會；關於體操器械，服裝底陳列，匆匆看過一遍，知道他們體育前後進步之速，又足見其教育上事事認真底精神！

歸途過孔子廟，進大成殿，望見那巍巍聖像，不由得肅然起敬！但是在異鄉看見他，又觸目一種門前冷落，無復當年香火之盛底荒涼景象，不能不動人今昔之感！不知羈旅的孔子之靈，也曾有故國不堪回首，或者對著我們千里奔波，覺得不勝禮教沉淪之歎否？時代遷移，祇一尊孔子像，能使人起無窮意念！但真不知孔子復生今日，對於現代思潮，究持什麼態度——不免想到太玄了。據說此廟建已千二百餘年，構造都照中國式的孔子廟，亞聖、四配也都分列左右。原始聖像供在某將軍家，後來為表示尊嚴，特由國家建廟，移像於此；也足見他們先代崇奉孔子底至意了！——現在祇當一個古物陳列所——我們師生不免向他一鞠躬而出。

十七日／晴

上午參觀東京帝國大學，祇看設備，廣些眼界。

先看圖書館，是美國式建築，全館藏書七十萬餘冊，排置方法，力求經濟——按書之數目，和式樣底大小，而設書架——普通閱覽室外，各科特別研究室，可算完備。許多中國古書，都是中國本地現在不及見的，特地羅列出來，供我們觀覽，說：恐怕這些書，在中國，都成亂紙了！我們聞之，又是何感呢？

工科所看各種器械，儀器，祇匆匆過去。

有地震研究室，是日本人應當特別注意的——多火山區，時有地震之災——室中主任，是世界有名的地震事者，一位老博士，特詳為我們說明地震關係種種。地震有一定區域，中國在四川、隴西一帶，漢時曾經地震，漢書上可考而知；黃河流域、山西、陝西在明代嘉靖也曾大震，死人八十萬云。

時間有限，不及多看。對於設備，我們祇能說他完全，但森羅萬象，究竟什麼是完全的標準，我們也不得而知！不過比較的知道，他不像國內所見，那麼不完全罷了！

出大學，到東京盲學校。

盲人教育，特別藉重觸覺，置沙箱代黑板之用。定時上課外，也有圖書室，許多參考書，都是針刺凹凸之字。有盲人特用打字機，他們自己可以打出，裝訂成冊。

校中組織，分普通、技藝、師範三科，技藝科又分音樂、按摩、針砭三科，三科畢業後，都可直接謀生。普通科畢業入師範科兩年，可任盲校教員，現在已畢業八十人，分布全國各校云。校長熱心盲人教育，略誌他的談話如下：

本校共有學生二百人，完全看不見的祇五十人。年歲自十歲到二十五歲—理想的應當從六歲起，現在還辦不到——在日本全國有七十二個盲學校，但據調查，盲人總數，有七萬，這些學校實在還不夠！以後應當推廣盲人教育，從幼稚園至中等，與普通學制一樣。也希望以後的盲人，能夠任一切職業，替國家盡義務，與常人一樣。盲人有思想很發達的，像詩人愛羅先珂，就是本校畢業生。現在日本盲人以按摩和音樂做職業的最多；本校所學音樂，東西洋底樂器都有，以適於實用云。

盲人教育，最當注意的是體育，藉體操以矯正其姿勢；過了十七八歲，身體發達堅固，則難改良。其次便是觸覺底練習，也要緊的。音樂，於營職業之外，可以修養精神，所以也注意及之。

盲目時期，多在一歲至五歲之中；大概是貧家營養不足所致。五歲後，不是先天關係，不至於盲。

盲人失其光明，是人生缺陷！我們應當幫助他，使他得到幸福。本校五十人完全失明外，其餘都是患眼疾的特聘專門醫生，常為治療，使不至更深，或者可以希望恢復光明。有的因盲而聾，是更可憐的！在德意志，瑞典，對於這種人，有特種教育；日本全國患此病的有三百人，尚未有特別設備。

盲人性情暴烈，想像力薄弱，但經教育後，也不覺得十分差別。盲人發育不良，德國在大戰前，曾以法令禁止盲人結婚。本校也常勸導獨身生活。調查實際，結婚的很少，女子尤甚。男子有時娶不盲的為妻，女子恐怕半途被棄，不如獨身。

我聽完這篇話，回想到中國，不知號稱四萬萬中，盲人有多少？盲學校又有幾個？那流離失所，沿街叫喊的，比較該校所見，同是盲人，何其幸不幸至於是呢？替那不幸的想，不是盲目的不幸，是所生的時地，有不幸了！看他們動作很自由，操場裡走來走去，各種遊戲，與常人一樣底活潑有生趣。又特為我們彈琴、唱歌，使我忘了他是瞎子，覺得他黑暗底眼中，自有他心靈之光在精神上；而少視覺底欲望，比較我們對於物象，有欲睹不得之苦，更清寂得可美了！校長又對我們說：希望十餘人中，有一位決心擔任盲人教育，為中國盲人謀幸福。我聞言，祇有慚感交集！

午飯，在盲校吃日本麵兩盌，甚難下咽，回想還有餘味！

出盲校，到文華高等女學校，是十文字先生創辦的；注重體育，新發明一種體操，叫做「自強術」。我們到時，已見那白帽、白衣、藍裙的學生們，整整齊地跪坐在禮堂裡，等候我們來看她們操演了。那種特樣體操，我們看來似太劇烈，據說很有效果。參觀後，攝影，又到十文字先生家，進茶點。他特為我們說明這「自強術」，是應用「一陰一陽之謂道」底原理，共有三十一種動作，都求各部運動的調和，身體強壯，不至感冒生病云。又介紹他的女兒來証明「自強術」的成效，看她體格果然肥壯豐碩，粉紅臉色，很美觀的。他很希望「自強術」能夠傳佈，說之不已，還送我們各動作底圖樣。

回寓很早，我們四人乘著晚景正好，與婉妹連袂出遊；先到皇宮二重橋——因為皇宮所在，特鑿水道，四面環著以為守衛，真是帝國特別風光——到了橋上，憑欄閒眺，風景極佳，最感人的，要算那將下夕陽，從樹隙裡射出的微光。可望不可即的皇宮，巍然在前，不禁使我聯想到秦始皇，不知專制底餘毒，何日能消滅於人世裡？遊人到此止步，祇遙遙地脫帽致敬。有一人來干涉我們披圍巾，感他一片愚忠，不便反抗；但無理由的，非出已意，又覺不願；祇得翩然去之，暗服他們帝王的魔力，和百姓們誠篤的信仰，也算是其愚不可及也！

順道遊日比谷公園，沿路綠蔭，無限詩意，祇惜同遊沒有詩人，我更拙陋，對於日本許多勝景，祇能說一聲總道歉…辜負了！園裡的景，台上縱覽，水邊佇立，都是難忘的！暮色蒼茫，悵然出園，到一所中國館子晚飯，驟離清爽之境，促在不通氣的小屋裡，實在使人難堪，但每對那天然的偉大清幽，又不勝混身塵俗之感，而不自知其所以然；天然，真將永隔在人間物質之外嗎？！

十八日／晴

上午參觀平和博覽會——在日本每十年開一次博覽會，這次開會，適在歐戰告終之後，所以藉題紀念，稱做平和博覽會——在日本國內外來參觀本會的人很多，我們適逢其盛，也算湊巧！會場分第一，第二；今天先看第一會場，早有協贊會會員沈先生，來作指導。那些產品，分館羅列，祇走馬看花，匆匆過去。對那五花十色，應接不暇的祇總括一句：足見他們物質文明之發達，但我又要說：發達不發達，沒有標準，沒有止境的，祇在於人力之肯做！足使我們讚歎的，決不在於這可見而有限的物質呵！

午飯，就在會場裡迎賓館，是協贊會的招待，照例有一套歡迎詞和答詞。出會場，赴東洋婦人協會底歡迎會，在酒井伯爵家。本會立會意思，是想藉此聯絡中日兩國感情；據說設立已二十餘年，因五七風潮中斷。致歡迎辭的，便說和平之神是女子，政治關係，跟我們不相干的；我們應當從倡和平——可是愈說便愈提到國際關係，還離不了那套親善的俗話，叫人生厭！李師致詞之後，陶君繼之，很痛快地說他們利己的親善不對，我們無謂的排斥也不對；應當放大眼光，破除國界，為世界人類謀幸福，保持世界的和平……（這是我們在日本常說的大話，其實野心像日本，國家觀念未易消滅。侵略主義還是有加無已的；又虛弱像中國，根本不固，祇圖國內底和平，猶且不能，高談世界主義，恐怕不知不覺徒速滅亡耳！所以無論如何，還是實事求是為妙！）開會餘興，他們特請幾位彈琴、唱歌，又有兩個十歲的女孩子，演日本舞，對她婀娜嬌樣，婉轉歌聲，使我一時感動，真把國界忘掉，祇覺得愉快了！茶點在花園裡，有許多貴族小姐，她們特鄭重介紹以為榮，祇使我們看出他們貴族氣焰之盛。那小姐們文文雅雅的，身價自高，真也與眾不同！

晚飯，是讀賣新聞社底招待，在女青年會。座間幾位日本當代名流——可惜我都不詳其姓氏，先後發言，很有可聽。社長一篇普通歡迎詞後，某君說：想不到中國教育進步，如是之速！他前時到北京，見北京已有女子法律學校，他就很驚訝中國女子教育的進步，好像跳級了——我想這實在就是不進步底原因——何曾進步得快？祇是趨時的、浮面的、空談的；創一說，建一事。總沒有始終進行不怠的，所以紛紛擾擾，什麼事業都不成，祇見社會上亂象不已，人心惶惶，不是所謂「歐風美雨」傳到中國後，一種好現象吧？他又說這次我們遠來，他以國民資格，很感謝我們，因為無形中對他們很有益處。某博士說他自己很願意幫助中國教育的發達，教育的效果易見，革命要真達到目的，不易云。最後長谷川先生一篇含譏帶諷的演說，最耐尋味；大意說：現在論女權問題，都想爭權，是不對的！因為他根本反對權力——像執政的人和聖人都是拿少數人的權威，來支配多數人，他是不贊成的——女子爭參政權，是沒有意思的，執政的人，如議員等，都是人類道德最壞的，何必去爭他呢？其歸著點是注重多數人，為社會運動，不必分男女界限，各盡個人力量做去——這篇話自然是很正大的！他演說才很好，意思含蓄動聽，可惜我當時沒有詳細筆記，祇能略記要點於此。李先生和陶、錢、黃諸君也都有意見發表，或者報告些中國女界情形。散會已近十時，精神上很覺滿足。

十九日／晴

上午參觀帝國圖書館，該館創立已五十年了，書庫分八層，存書六十萬冊——據說日本所有書，至少都備一部——館員七十，看書的每日平均八百人。建築法用鐵架，以書之大小分類排列，是圖位置的經濟，實際很不便的。閱覽室裏，滿座寂無聲息，各人都帶有筆記，一邊看，一邊寫。門口有個「看書廣告」，看書人隨便有什麼疑問，寫在板上，註明自己姓名住址，請隨便別人替他介紹應參考底書籍，過後便有人回答他：學者精神，於此可見……

到帝室博物館，是日本博物館之最大者；建築精美，承他特別優待，也得穿鞋入覽，踐蹈那光滑底地板，真也覺得心裡有些不忍——見古今物不少，過後便記不得。中國許多陶器、瓷器、玉器，惜工業不講，以今較昔，反覺不如，是可歎的！有隕石巨塊和木乃伊，是未見過的。

出博物館，再參觀博覽會，因昨天看時太忙，第一會場中教育館和自治館，特於今天重看，也記不得什麼！滿壁各種統計表、比較表，調查底精密，前後底進步，過去如何，現在如何，又加以將來的計劃如何，因比較預想，就可引起從事人的希望心、進取心，進步便容易了。這都可見出著著向上之精神！出兩館到第二會場，感人的是那聚芳閣——原來稱作滿洲館，經我國干涉，才改此名——和朝鮮館，台灣館，對日本有特別的光彩，我們卻不免悵然了！

離會場，赴東京留學生總會底歡迎會；到會先有主席底歡迎辭，對我們發表意見，以為日本教育，和其他一切情形，都與中國不同，無足取法的。是誠心忠告，自然可感；祇惜意氣作用，對我們實有誤會之點——我們不得不為辯護——黃、陶、錢諸君相繼登台，表明我們旅行的意思，無非是想多見多聞，各方面都應當注意到的，便是和貴族們交際，也因為可以從中察出社會情形；並說日本自有他的好處，不能一概抹殺。（我想若果毫無足取，諸君何必遠道留學呢？）閉會後，想今日底歡迎會變成辯論會，胡鬧一陣過去，沒意思得很……

二十日／晴

上午參觀東京聾啞學校，看許多男女聾啞學生，在教室裡上課，因為不能說話，那兩手動作特別顯出著急樣子，便是他表情表意底工具了！舉勢作形，都有特別符號，看來可笑，實在可憐！校長熱心聾啞教育，聞說他的三個兒子都是啞子，也許就是他所以熱心底原因！他為我們說明聾啞之身心關係，略記如下：

從前常以為聾啞不相關的，實在不然，據現在研究聾之結果，必至於啞，兩者分不開的。聾啞有原於先天，有起於疾病，以歷來底統計，盲人多出於窮家，啞人多出於富家，是偶然現象，或是特別原因，還不得而知。比較盲啞的身心狀態，盲人多半體力不健，而智力發達，常能成功學者，或建立事業；啞人就不然，祇能以手藝謀生，用腦是不興的。現在日本一般盲人，兼工兼讀的很多，啞人兼工的很少，也許是因為家境好，不用自己謀生活。

有一位廣東人，在本校肄業，工書，今夏就要畢業回去；見我們來，也很表示歡迎，同李師筆談許多。聽說從前還有一位中國人在此，圖畫的成績還掛著。

本校組織，亦分普通、技藝、師範三科；技藝科有圖畫、裁縫、木工三科。

參觀後，各送我們扇子一把，是啞學生畫的一朵啞花，還題一語，譯其意，大概是說「皇恩雨露深，啞子也知感的！」。對著啞花，想起啞人，他那說不出之苦，實在堪憐！

限上午時間，又參觀跡見女學校，該校是私立的，一位老邁龍鍾的女校長，今年八十三歲了——可是精神矍鑠，看來不到這樣年老——三十歲創立本校，五十三年於今了！她的女兒，從七歲跟她在本校，現在便繼任校長，對我們特別表示殷勤，茶點中，許多女教員出見——參觀中可算第一次看見——她致歡迎意思後，說二十世紀世界改造時代，應該放大眼光，女子在家庭外，對社會也有責任。既然服務教育，就得以教育為終身事業，才有效果可期。這一層實是我參觀日本教育中一種感觸，覺得他們擔任教育的，都有自己的決心，都是永久從事的；比較我們國內官僚派的教育家，的確不同！也許是社會情形使然，講起很複雜，也是國內一般人所同感的。

匆匆不及多留，祇看他預備給我們看的一班體操課，——是各級選生——據說那種體操，是經日本醫官考案制定的；男先生教授，很有精神，大概現在日本各女校，都特別注重體育，對於體操，都有特別研究，要想發達他們國民的體格，免得倭奴之譏。

回寓飯後，即到車站搭車赴日光。日光是日本三景之一，偉大的華嚴瀧，我們在社會學裡仰之久矣，即刻可以登臨，何快如之！那地很冷，母親叫帶的棉襖，這時用得著了。車行三點多鐘，沿途飽覽野景，已就眼福不淺。將到時，見山上一片松柏參天的叢林，下透出夕陽的紅光，大眾稱美不啻身入極樂地。停車就有東京代為介紹的神橋旅館來相招呼，直到該館住下——館近神橋，神橋是勝景之一——夜飯後賣風景片的來了，我也買了許多勝景，在畫中已經使人一見心傾不忍釋，不知身臨之下，快感如何。又跟李師，和三井先生——是日華會的執事人，會說中國語；我們到東京以來，承他每日作引導，諸事照拂我們，是一位很懇摯的老先生，也是此行難忘之一人——街上閒步，看左右列肆的賣品，都是本地產物，留與遊人作紀念的；在賣者是營業性質，稍費一點機巧，而無形增加遊人興趣不少！風景片外，許多本地圖畫，歷史上說明等，備極完全，實寓社會教育之意。此遊每一至一地，都是這同一底眼界，沿途還揭出大圖，以便尋徑，遊人絡繹不絕，實受其賜。教育普及處，至此益見其精神所在！試想西山、八達嶺，以至於明陵各處，無限荒涼古意，較此如何呢！

二十一日／晴

早事匆畢，即徒步出遊，先看人工的宮殿，歷層階，望山上走。最偉大最著名的是東照宮：那些畫樑、雕棟、彩牆、粉壁，建築底華麗和精緻，是當時四方諸侯貢獻的，深含中國古意；日本人有句話：「不見日光，不算見物」，就是指此。惜遊時匆忙，又心急登山，不及細玩！今日星期，遊人特多，扶老攜幼而來，也足見他們遊山玩水底興趣。沿途有所謂「案內人」，手揭著旗，為指導路徑。各殿裏又有看守人為說明來歷，遊客成群，都肅靜聽著，表示敬意。行山徑，時有清泉潺潺流出，特設水槽以便遊人解渴，我們也曾爭喝一口，真是清甜無比！日本著名底櫻花，可惜我們來時太晚，不及一饜眼福；不意在此卻見得半殘的幾株，朵朵淡紅委地，同學們爭撿著，我也取得幾朵，夾在書裡。

宮殿參觀，已盡大概，應該上華嚴了——而山路崎嶇，離目的地尚遠，李師一時形容得已甚，打敗了同學底勇氣；敢向前的，祇有四位跟三井先生獨去。我呢？不幸心隱傷了足，近處且不能走，自更祇好絕想了！一時悵然，意外的失望，事情難於預料，原卻如此。李師帶我們看較小一瀑，名裡見瀧：數十丈懸泉，從高處飛瀉下來，嵯峨的岩石，激出浪花如雪，直奔那屈曲無窮的山徑而去，成為急流底溪水。稀薄的空氣，對這皓潔無著的，祇不可言說之美，無限清涼之感！徘徊不忍去中。聯想到華嚴，——能使許多人臨感難收，自不為無因——失望也更深一層了！山谷中，有一團旅行的，大概是女學生，在那裏吃點心咧！下裡見瀧，小休息，心隱腳痛更甚，竟不能走，搭一位不相識的日本遊客底汽車，先下山返旅館；看她踽踽獨去，欲送未能，真覺難受！同學們鼓興再遊，我率性也不去，約幾位同學，問明路徑，搭電車歸；旅館樓上，我們住室裏，祇她一人躲著，使人頓感客中病痛之苦——設法按摩，終不見效，當其一失足時，祇微痛耳。無事祇對畫片，想像那雲霧般的飛瀑，不得一見，大概也是所謂無緣罷！天色垂暮，兩團同學，先後回來，知她們都登華嚴極頂，不得去的祇我們五人了，她們跋踄雖勞，還盛說華嚴好處不置，說：「到了日本，不登華嚴，真是遺憾呵！」固是意中的，但事難兩全，既存心犧牲，自也無怨。

匆匆搭車返東京，已深夜十一時了！日本人聽我們得到華嚴，頗驚歎云。

二十二日／晴

早參觀女子學習院，是貴族性質與男子學習院相同；不是準備教育，學生畢業後，就要出嫁的。服裝多西洋式——日本男女服式，現在正提倡改良，貴族之家，漸改西洋裝。小學校尤其注意於此，有的已經一律改良：短衣，短褲，白的圍領，清醒有精神；聯想到我們國內小學生黑色或灰色底制服，現出腐敗神氣，實在不同。劃一底制服，究竟有無必要？似可討論一下。

附屬蒙養園，據說是日本蒙養園中，最完備的，也多貴族家庭底兒童。院中防雨水泥濘，用排水法建築；多雨之區，可以彷效。還有一個特別地方：許多送兒童的女人，聚一屋裡作裁縫，是學校利用時間，特請一位教師教她們製法，亦足見教育認真處。

昨日勞頓，今日出來較晚，學習院匆匆看完，到青山府立師範學校。先看附屬小學，見一位教師，集許多學生，在院裡直觀教授理科；各級除一年沒有時間，四年有理科外，都設直觀科。上課時間，自去年起，改每次五十分，作四十分；每日五時間，作六時間；每日另多一課，讓學生自由學習所喜歡的學科，是誘發自動研究的意思。每課時間縮短，是根據心理測驗的結果（在我們本校附屬亦已實行），我想設直觀科，和另加自由學習一點，都是我們國內小學，應當注意的。其餘訓練方面，有學生自治會，舉出委員，練習辦事能力；並注重養成堅忍不拔之精神，使每事有自決力，不至有見異思遷的惡習，是在東京都市地方，特別注意的——教育應當注意地方個別情形，所見日本各校，此點確實不愧——問及家庭聯絡，普通談話會外，有個別的談話，輪流各學生父兄每次八人到校談話；要詳細知道各生個別的情形，此法是很好的。

師範本部，無甚特別。談話中問及試教情形，有研究一項，由小學主事提出教育問題，教生組織研究部研究之，所得結果，報告學校；實際討論效果不大。校長自言以教育為終身職業，在本校二十三年了！

在該校「便當」後，參觀新宿御苑，是皇太子的遊宮，有運動場，太子常來遊，因引導人的鄭重，又與我們以君主神聖不可侵犯之感。遊覽中好像一林一木都含無限威嚴，對著一所休息室，恭恭敬敬地脫帽行禮，好像宗教的信仰，我總覺得不可思議的神秘作用！

四時，赴中華婦女協會底歡迎會，是國內女留學生在此新有的組織，以運動女權為宗旨，主張要求女子參政。歡迎辭是一篇激烈派的演說，我聽完之後，自然覺得此種組織，是名正言順的應時之務；但證以長谷川先生的演詞，和我自己實際的觀察，總不敢對於這個問題，參加什麼意見！在現在倡女權運動，固然已不成問題，但空談終無補呵！常記著一句話：地位愈高，愈需要相當的知識和能力，若是兩不相稱，豈不苦痛更甚？李師、錢、黃諸君先後致詞，報告些國內情形後，散會，歸寓。心隱病腳未能出，婉妹犧牲了校課，終日相陪，還跟她到醫院診治，敷上藥料。一切得她細心照拂，可感！

二十三日／雨

早，參觀東京高等師範學校。雨中見路上披雨衣獨上電車底小學生——看來祇有七八歲——很可愛的。到校，先看附屬小學。理科教授設備充足。試驗水蒸氣，三人有一具；各生自試驗後，以問答說明，記入筆記——日本學校教材，多用筆記，中學校所見，幾無不用筆記的（有不用科書），比較專靠機械的科書，實有種種好處——四年級作文課，各生自讀所作，他生無顧忌地批評，辯論紛紛，精神甚好，並可見出思想很快，注意力很集中的；有一生報告他自己所喜歡的學科，確具充分的理由，二年手工貼紙，揭題目「家」字，使其自由意匠。

主事談話，說本校編制分五部：（一）男生（二）男女共學，都是單式編制。（三）複式的編制，分一二年，三四年，和五六年三級；（四）二級制分一年至三年，和四年至六年兩級；（五）低能兒教育；三部都男女共學。從前有單級編制，也因推行已見效果，不必研究而廢。教授方針以直觀實物為主。訓練重養成高尚精神，有一句話很耐味：小孩子天真爛漫的，雖然頑皮，但終不含有不道德的——細思果然，教育者要怎樣誘導他，使不趨於歧途，其次重親切為人服務的精神。教員組織，有初等教育研究，發行月刊。

各教室裡見許多文官武將的畫像，天皇勑語等，又是一種特別感覺。

低能兒教育，是本校特有底設備，由東京各校選送來的。教育目的，祇希望能夠發揮一點特長，將來能自謀生計，現有三十人，分兩級。其實各人特性不同，十五人就是十五級了！身心發育不完全，易起厭倦；每次教授份量少，而時間祇能繼續到二三十分，用力大，成功小云。

參觀中學，無足記的——這是我一種直覺，對於日本中學，總覺得少可取處；並且常見中學生一種無禮貌底傲慢態度，更促起我一種感想，也許這一般中學生，可以代表出野心日人底真面目罷？

到高師本部，因時已晚，有肄業該核留學生底歡迎會，不得多看。到會，致歡迎詞的先報告些日本教育前後變遷的情形，又請我們發表對於日本教育的意見，最後出一個題目：國內近來盛倡杜威、羅素兩人的學說，究竟教育界底意見如何？一種嚴重的態度，使我聯想到前天留學生總會的歡迎會，彷彿還是辯論時一種勃勃之氣；暗想今天底歡迎會，又要變成教育討論會了！李師和同學先後致詞，略為答覆；同學所言，曾提到留學生通病，常是祇抄條文，不具精神，又引起他們忿慨的質問了！含刺之語，祇是誤會，而不免意氣從事！最後李師為答覆某君問國內大學考試問題，曾對日人有幾句批評：說日本人交際法不善，有時使人厭煩，又是心眼太小，不幸留學生常得其病了！到東以來，對於留學生很少接觸，祇幾次歡迎會，可以窺見他們精神之一斑。

二十四日／晴

早，參觀東京美術學校，祇看成績。圖書分西洋畫，與日本畫兩種，人體寫生畫做模型的人，也是一種專門職業，男女都有；女的價廉，每次一小時，分畫三次，全身的一元二毛，半身的九毛。尚有雕刻，和塑像，都約略一看。

再到慶應大學，校舍建在山坡之上，很壯麗的。內容特別處：附屬小學，稱做幼稚舍，有寄宿舍，設備一切，極力講求家庭化的生活。現在有寄宿生三十人，都是家境很好——本校多富家子弟——遠道來學，無法通學的，每月交食宿費三十元，住在宿舍裡。管理員有保姆二人，舍監五人。睡處是一大間寢室。每人一床，保姆也在裡面，任看護之責。設自修室，每晚六時至八時，教師偶爾來看他們自修。據說這些寄宿生，訓練不易，由已著底成效而說，精神固好，能力也可發展，但是性情浮動，不肯用功，所以學科成績，有時反不及通學生。共同生活的訓練，雖研究許多方法，總難達到理想地步。此後想把宿舍組織改做教員住宿，每教員擔任五六個學生，可更合於家庭化些；正在規劃之中。學科，在一二年級注重音樂、體操、體育底發展；理科於春夏兩季，從四年級起，有十天的野外旅行，以研究自然現象；譬如春季到葉山海濱學校，夏季到日光林間學校。看其旅行中照相，一種活潑精神，和研究底興趣，都可見得出來。至於訓練方針，慶應義塾——大學——底校訓是「獨立自尊」；自幼稚舍到大學，十五六年中，都一本此精神，養成完全人格、自由人格，使他個性自由發展，能獨立任務為要。

大學本部有公開講演堂，是畢業生紀念的建築，大概日本各校對於母校底關係較切，此等紀念品各校都有，也足見精神。

參觀既畢，有該校留學生留在校午飯；參觀中，承他們指導說明，誠懇可感。

午後參觀東山市立托兒院。

在東京有四十幾所底托兒院，多由個人設立，市立的祇此一所。專為父母是勞動者，終日在工廠裡工作，自早晨六時，至下午六時，把他們兒子寄在托兒院裡——早起送來，晚上接回去——兒童年齡，自生後六個月，到六歲都可以的。設備完全跟家庭一樣，與幼稚園不同的，就是專注重在體育底養護；不過防其間散太甚，隨便加些遊藝、唱歌，使他精神活潑。每日課程，有遊戲、談話、手工、唱歌。食物有牛乳、飯、點心，每日三次。還有小的兒童，讓他白天補足睡眠。又有為他整裝，講究衛生的時間，設有洗澡室，逐日輪流著洗。每人給他一件外衣，在院裡穿，髒了替他洗，有病替他醫。擔任這等教育，真完全是服務性質。想起國內正式定時底勞動者得少，這等學校似無必要；但沿途乞食的小孩子，到日以來簡直沒有見過，能無相形之感！

托兒所與棄兒場不同，入所的兒童，有調查表，和訪問單，必是父母確有職業，有確實地址的，才許收入。有時棄兒冒送來院，到下午沒來接，便送他到警廳，當棄兒對待——在日本有很多的棄兒——這些在院兒童，因父母勞工的地方，常有變動，所以時有出入，教育更覺不易。

晚餐，赴基督教女青年會底歡迎會；吃飯之外，許多會員集我們作種種遊戲，捧腹一堂，算是在日本這些歡迎會中，最自然、最有興趣底一天。因為她們活潑和樂底態度，也不曾提到那些親善……底廢話。使我們也不覺的把國界忘了——宗教精神，沒有國界，於此可信。

二十五日／晴

上午參觀東京府立女子師範，和同校的第二高等女學校。蒙養園中，活潑可愛的小孩子，使人心喜外，有一段關於小學教育的談話：自動教育，在日本倡之已久，而成效未著；要真達到自動的地步，必定從基礎教育——蒙養園小學——注意起，若在小學，不先具這種精神，一定是不興的。本校教育方針，關於德育注重天性底發展，和好習慣底養成；智育注重感覺練習，導以求智方法，方法明白，便可應用無窮。自然科對於自然的觀察，是各種專門學問的基礎，啟發其興趣練習其觀察力，都是很重要的。最後也希望到超越國界，共同努力教育，為人類謀幸福。

在師範本部，問到畢業生服務情形，是任學校派往各處，一定得去的，聯想我們國內師範學校的畢業生，還沒到這個程度。

午飯，到中華青年會，也算是個歡迎會；會員到的祇幾位幹事，特請兩位女會員，來招待我們。有一位幹事，報告本會情形，是十五六年前，王正廷發起組織的，原先會所的建築很完善，最近為地震所毀，僅餘幾屋。又有一位馬先生說他自己對於青年會的感想，和最近在國內旅行所見；他說，「我也是個有志青年，有心救國的，由種種經驗和感觸，覺得欲救中國，非走這條路——青年會——不可！一般醉心於科學的，常說「科學救國」，誰知中國要淪亡於物質文明呢？徒有物質文明，而沒有相當的精神文明，恐怕所謂物質文明，徒增加道德墮落底野蠻手段罷了！這回在國內旅行所見——湖南學校借債過日；湖北人吃大煙，每日到下午五時才起床，是普通的現象；河南乞丐滿街沒有人管；陝西軍官的如夫人有五百之多，商人也有五十個姨太太的；……非有精神文明，來確定個人的人格，前途還堪設想嗎？」又說各處女學生服飾太奢侈，希望我們樸素些。

在會飯後，到公立女子職業學校。

該校是一位舊教育家秋山氏創辦的，經費出於財人法團，三十餘年到今了。原始入學的，祇有三人，現在有一千多人了。因為職業教育，切於家庭生活的實際，所以舉業生特別受社會歡迎。校長曾指那些學生，稱她們做「候補太太」，她們也一笑置之。辦理情形，分造花、編物、裁縫、刺繡四科；裁縫是主要學科，設專科外，不論何科都要兼習的。

在該校有個浙江學生，見我們時，祇低頭無語，做她的手工。招待我們有一位女教員，臨行送各科紀念物各一，情意殷殷的。

晚四時，到帝國劇場觀劇，是男女合演，言語不通，雖經翻譯，也終悶然！但記得佈景很精緻，表情很真摯；女子在家庭裡處卑賤的地位，是特別的觀感，祇聽她們說マ＝ガタウゴザノマ（是謝謝的尊敬語），到現在還餘音在耳。末齣日本式的跳舞，文雅優美，看客寂然！另有清幽之感。

二十六日／晴

上午參觀東京市立萬年，和玉姬兩尋常小學校，都是貧民教育性質，專收貧民窟底貧民子弟——東京有許多貧民聚居之區，稱做貧民窟。此種學校，都由市立，已共有十一所。入學的有是自己志願，有是學校勸導，或巡警干涉——教育方針，重親切、勤儉；設積錢箱，養成學生貯蓄習慣，漸得家庭信用——常濟他們急困之用，——都踴躍儲存，當學校為儲蓄銀行。特重職業教育，修業年限五年，最後一年是實地練習工作，或在家裡傳習家業，或介紹到工廠裡學習——便是他畢業後謀生的機關——附設夜學校，許多學生白天工作，晚上就學。至於校中所課職業種類，常因社會情形變更，而有不同；玉姬校所見染科，就是應現在社會需要云。又為畢業生計，畢業後從事職業，與他校預備升學的不同，特設補習班，和夜學校，都是設法增長他們的學識。玉姬校有文庫，每月由學校開會兩次，任人隨便入覽圖書，是社會教育底設備。問及貧民標準，由考查收入、支出種種生活狀況而定，大概平均每個貧民居住的地方，祇有一席地——祇有我們一個獨睡床大。

玉姬學校校長，勤勤懇懇地為我們說明一切，可謂不愧個教育家！在該校飯後，又承他帶往貧民窟參觀，聽同行的王先生說：現在日本生活程度，一天高似一天；自歐戰後物價貴至三、五倍，生活費貴至四、五倍，貧民日多，盜賊常見。據東京市最近調查，人民全數中，無職業的一百四十萬，有職業的才八十萬；貧民佔十分之四，長此以往，不要亂像日見嗎？實在他們地小，人口太多了！貧民區裡，臭氣觸鼻，街道不潔，溝渠不通，再看住屋，各家相連著，有樓上樓下，建築非常簡陋，樓梯不過大板上釘幾塊木頭罷了！一個老嫗在小屋裡，見我們來，還鞠躬行禮呢！生活簡陋中，物事排置有序，還是很整齊的，可謂盡其內容了！

下午有東京女高師留學生的歡迎會，在他本校；到會後，照例有歡迎辭，答詞，為著同業關係，特別親切，項君一篇責望我們的致詞，更是誠懇感人！會後，歸寓，到建廬——婉妹住處——接家書，和轉來底圻弟從美國來信幾封，正是客中念念的，詳讀一快！晚飯，婉妹和諸友，自烹中國菜，和日本的鮮鮑魚，我們食得特別可口！飯後止宿，長夜之遊，談笑風生，也是個可樂的印象。

二十七日／晴

原定底東京學校參觀已畢，今天自由行動，明天就要離東京了！因為匆忙太甚，特延一天。我們幾人便乘機再看一個新教育的女學校—私立文化學院。是日本主張男女教育平等的與謝野寛先生，和他的同志，在去年四月剛創立的。提高各學科程度，完全與男子中學同樣；而格外注意適於女子特性的學科，如繪畫、音樂等。預算四年後，設立大學，亦與男子大學程度相等。入學底學生，全是各高等小學校，考試成績在甲等以上底優等生，經過詳細調查，和心理測驗，並問明父母志願，確是希望升學的，才算合格，學科在三年級以後，定為選習制度，本其所長，更加發展。關於裁縫、家事底學習，祇定期六個月，據說思想發達的，自然不至於不會理家事。校舍建築，近家庭式，說是不願意學校生活，和家庭生活太隔膜了。校中經費每年二萬元，由校長擔任。教員們多是留學歐美，對於女子教育有同感的，轉在本校盡義務。

學生祇見一班一年級的——還有一級出校旅行——都是西洋式服裝，體格強壯，精神活潑，暗想的確是東京女子的優秀分子罷！見我們來，笑臉相近，踴躍爭先地端進茶點，為奏音樂——雖然彈得不好，可是在一年級生已算難能！又請我們為她們說話，陶君致詞，祝頌她們享受新教育的幸福。茶點後告辭，她們出門相送，盡視線和聽覺所及，撫著手，說，「サヨナラ！」不置，真是可愛！還聽校長說。她們到四年級時，要來中國參觀云。

下午同婉妹等「市上見物」（沿用日語），先至三越吳服店，是東京一所最大商店，貨物無所不備。約略看了一遍，在屋頂休息所吃冰淇淋，營業的都是女子，楚楚可觀的一身藍色衣服，白圍裙，是半西洋式裝束；作事很有條理的。出吳服店，到別的商店，買些零件，本想不買，但為弟妹的緣故，又覺不能自己，也算心理上微微的衝突？

晚上到青年會，特由本團請得日本思想界幾位名人，為我們講演。

（一）山田ワカ女士，是日本講女子問題屬於穩健派的，與急烈派的山川菊榮正相反；今天講的題目是「婦人問題的歸著點」。大意所重，是女子有女子特別底天職和特長；應該克盡天職，發揮特長，便是服務家庭。一般人以家庭為卑鄙，她是不贊成的。她說生產和藝術，都是生活的手段，不是生活的全體；因為有人類而需要許多產物，不是因為產物而需要人；所以在家庭裏有重要的職務，屬於女子的，是社會的基礎，非先注意不可！女子是人，應求人格底平等，不應當盡效男子之所為，以埋沒自己的特性……我們既然知道她是穩健派底主張，當然這篇說話，近情近理的。

（二）文學家秋田雨雀，演題是「世界語語話」。他是愛羅先珂的好友，知道愛羅先珂在中國教世界語，很受歡迎的，他也是提倡世界語的，所以以愛羅先珂為引。先報告世界各國對於世界語提倡的實況，已由空想變為實在性了。次論世界語的哲學，為求人類思想的統一，和互助、互存的成功，非先統一發表思想底工具——言語文字——不可，世界語底需要，便因是而起了！或謂世界語缺乏國民性，他說不然，謀人類底統一和互助，得人類底同情，便是世界語底國民性了！是後說：希望再見時，以世界語談話。

（三）大杉榮先生，是社會主義者，有日本巴枯寧之稱。他先對我們說：今天得與我們學界人聚會，是在日本所希望不到的；日本政府嚴防他，常有巡警監督他的行為，普通學校，那敢同他來往呢？他反對現在社會制度，所以根本的破壞現在所謂教育；論羅素說中國要實現社會主義，第一振興實業，第二普及教育，此言似是而非——教育是維持制度，辯護制度的，譬如日本忠君愛國的教育，可能容社會主義存在嗎？現在社會情形，嚴隔著征服者與被征服者兩階級，教育更從而限制之，能望社會主義的實現嗎？教育應當創造的，發展人性的；壓服於不平等的社會制度之下，自由正義都污衊了！還有什麼發展、創造可言呢？因此期望教育的成功，也非先打破制度，恢復人性，再因教育以發揮光大之不可！最後說中國現狀很好：中央沒有集權，政府沒有勢力，思想可以自由；日本情形就不同了！他說話多含譏刺的語氣，乍聽似狂夫之言，細味卻有至理！曾舉一例說教育戒人說謊，試看社會上生活，那一天不有說謊的需要呢？又自言不喜講演，當教員。以上所記，祇是談話的大意。談話後，已十時，歸寓。

二十八日／晴

早晨請王桐齡先生，為我們講述日本情形——參觀所不及見的——先說本國留學生在此的可分四派——一、專心讀書，不察國情；二、無心求學，祇圖敷衍了事的；三、在此年數不多，無所聞知的；四、親日派的走狗——意謂真能詳悉日本國情的很少！他今天所報告，是日本家族制度：

（一）家庭組織，以一夫一婦為單位；有時兩代夫婦，便是父母和長子媳婦。次子必定分居的，所以兄弟關係，非常涼薄：親子關係亦等於無。

（二）夫婦關係，男尊女卑，就是中國「三綱」、「五常」和「三從」之遺教：所以夫婦關係就等於君臣、父子、主僕。離婚，極其容易。女子大歸之後，父母不負責任，有能力的，自謀較好生活；無能力的，祇得當老嬤子，很可憐的！至於夫妾關係，是法律上不容許，祇有雇傭性質，不能公然在家裡同住的。夫婦這樣不平等，也有所謂「女天下」的，但表面上總以女卑為體面，向是女子自身人格的關係，以謙卑為美德。

（三）父子關係。長子享受特權，與中國情形相似。次子以下，畢業了中等以上學校，就得脫離關係，自謀生活；那時他的家主——父親或長兄——製洋服一套，新鞋一雙，送他們出門；有的到岳父母家當養子，有的家主特別分他一些財產，那是例外的。庶子便是私生子，對家庭沒有關係，若是願意認他，到警廳立案，便有相當的相續權。政府對於私生子，非常保護，生時報告警廳，可得一百元底養育費。據調查：人口增加，有十分之一是私生子，一年達一百五十萬云。所謂養子，是女系相續的——沒有兄弟底女子，有承繼財產的權利，便當子婿做養子。若再生小兒子，或送他家當養子，或酌給其相當的生活費。

（四）兄弟關係。兄弟沒有什麼關係可言—若是父親退老，長兄代行家權，便負父親同一底義務，權力等於父親。

看重長子底制度，影響到社會有種種：長子常是有產階級；不勞而食，又常是愚昧階級；又因早婚關係，生育不好。次子以下，適與相反；所以日本知識階級，常是無產階級，生活漸漸困難，未免太苦了他們！有一層好處；便是因為無產階級多家無恒產的，不至安土重遷，殖民政策的成功，受此影響頗大。

歐戰後，日本產物的銷路漸漸縮小，而生活程度已漸提高，無法限制了！經濟界恐慌現象，欲使資本家自動打破階級制度，是勢所不能的，恐怕結果非勞動者反動不可！由現在看來：日本人奢侈漸甚，虛榮心相尚，道德墜落，盜賊漸多，恐怕二三年之內，必至於暴裂；果然暴裂，恐怕比中國更要劇烈，——中國人尚形式，沒有實力底；日本人實事求是，好自殺，不怕死，恐怕不是幾道文電，可以了事！

論他立國精神，以皇室為根本，以宗教羈縻人心，天皇便是教主，也是憲法的主腦。其國家主義，在中學教育，深埋根基，所以中學生特別看輕中國人，便是這個緣故！最後說：各國有各國底國民性，應當善自保存，而發揮之。現在東西各國，都熱心在中國設立學校，推廣教育範圍，都是有作用的，希望注重！

下午在寓理物，瑣事後，重到日比谷公園；時已不早，即返。不知再來有日否？

二十九日／晴

小住十餘日底東京，到了最後的一天了——上午與建廬諸子攝影，又與婉妹合照一，誌一剎那的印象，永久不能忘的——此行感我最深的，真要算是她了！她小時跟我同學，我覺得她很孩子氣的，不意五年重見，她的性情，不特全改舊觀，諸事照拂我，竟使我慚愧了！可信環境造就人生，影響是很大的——回寓理物，又忙了她。

下午本團全體，集日華學會執事人又照了一張相。四時許，到了出發時間了！十餘日恍惚僕僕若大夢，至是復到醒時了！嗚嗚底汽車聲，我別九妹而去了！建廬諸子，也都帶著別意，人生聚散，總是不勝其慼呵！

車上炎熱困人，倚裝作家書，又覆圻弟書，詳報近狀，並暢欲言，聊以遣時的，樂竟忘倦。

四、東京——廣島——朝鮮——奉天

五月三十日／晴

旅中忙忙碌碌，因精神中的應接不暇，忘了身力的疲勞——今天可不能忘了！車中坐客擁擠，我們坐的又照常是三等車，一般祇一個坐位，睡不得安，醒來又悶悶無事，昏昏然對著那些不相識的人面，真是煩厭！幸虧下午三時，車即到站，欣然聽說：「到廣島了！」。

車停，在車旁迎接的，有廣島縣知事派來的日本人，和廣島高師幾位本國留學生；先領我們到旅館，安置既定，乃重振精神遊宮島——是日本三景之一，既來不能不看；所以同學們都是雖勞不辭，有的竟扶病而行——汽車裡六人同坐，指點瞬息過眼的景物，談論旅中可樂的瑣事，又不覺興趣陶然，不知所以了！車到瀨戶的海濱，登小汽船，倚欄坐，俯看碧綠見底的波光，時有遊魚尾尾，出沒於蕩漾的藻草中；又有無數小水母，浮動往來，正似盛開的白芙蓉花。凝眸注視，不覺此身之遊水晶宮，倦意頓消，雜慮頓清了！沿岸景物，都在夕陽斜照中，拿著新買的風景片，正對看得出神，忽聽後面兩聲呼喚：同學們都已舍舟登陸，團長數不滿人數，等急我們三人了！惘惘然行，遊嚴島神社——嚴島是宮島勝景之一部分——建在水面，惜此時潮退，只草草觀其亭閣屋宇。出神社，歷層階到紅葉谷——因多楓樹得名，聞說每到秋時，滿谷紅色，甚是美觀。楓樹原是日本名物，與櫻花並稱的——時已昏暮，葉葉相對的幾株楓樹，色僅可辨，折得幾葉帶歸。叢林深深中，只有我們一團的遊人，笑話喧譁，破了山徑的岑寂；想勝會不常，此行可不愧古人的秉燭夜遊罷？下山趕火車，再登舟，已四顧只有燈光點點，罩在渺茫無所見底夜色裡面了！歸到旅館，近十一時。

三十一日／晴

一夜雨聲淅瀝，早起天氣涼爽，梳事後，別旅館，參觀廣島高等師範學校：先小學，次中學，後及本部。小學主事對於教育，深有研究，特請為我們談話，說：世界教育現勢，德、美兩派——德的創造派，美的經驗派——互相爭執，日本同受影響，一般教育者，若入迷途，不知何從為是。由他看來，經驗派根據薄弱，不如創造派；但教育實際，應當取長補短，不必固執成見，兩主義表面上雖然不同，對於兒童教育的出發點，還是一樣的。一方面要極力發展創造力，一方面須重自由的創造，便是保護個性底發展，所以說自由教育，是創造教育，也就是個性教育。個性調查的方法，心理測驗所得效果甚微，要在教者平日細察，於各方面看他的學習能力如何。最後談到師範教育問題，在日本也尚感到師資缺乏，一般輿論懷疑在師範學校最短的四年中，究竟能否養成完全的師資呢？所以提倡增加年限，初級師範，要提高程度，高等師範也不能不提高了！現在正在極力運動中，有改師範大學之議，東京高師也是同一情形云。

小學生皆赤足，據說是氣候關係，也可以保持清潔，裨益於衛生上不淺的；又說西洋人和中國人以露出下體為不禮，是日本人所不曾想到的。

中學無足記的；高師本部，也不過看其設備之大概。時已當午，留校飯。

飯後匆匆參觀縣立高等女學校；該校特點，據校長說：注重體育——平日動於運動，如遠足、遊水的練習；使有強壯的體力，能實際應用所學於家庭，便是最大的目的。黑臉和健飯，是本校學生在全國女學的特色云——其餘情形，都與普通女校相似。

三時出該校，到火車站，搭車赴下關；再由下關乘輪到釜山，入朝鮮境，在日本的旅行，便算告終了！——成績如何？至是不能不作一結束的反想：為團體關係，限於時間，隔於言語，多少感著不便，祇覺得種種遺漏，不能不歎聾啞之行，不自量了！

車上閒眺窗外的景，昨日匆遊的宮島，依稀記得的，祇有豎立水中的牌樓，隱約過去了！無事覓得空位臥下，想睡而睡不得，——對坐一位日本少年底歌聲，時繞耳鼓；忽然他伸手遞我一束紙，是許多關於社會主義的印刷物，又有大杉榮的《訴於青年》的書——我們前天見過的——讓我轉閱同學，一種誠實的態度，使人感。限於言語，祇兩句筆談，知道他是被學校開除的學生，因為社會主義，是日本學校所不容的。我祇祝他的成功！

八時車到下關，即望碼頭行，與日本告別了！大家唱Good-bye Japan……的歌，在晚風涼爽中；因為旅遊漸倦，此時深喜歸期不遠，離家漸漸近了！登輪的景象，聯想到離天津時——一去一來，相隔一月，匆忙過去了！祇說不出的惆悵之感！下關是國恥紀念地，姑且不去想他……船上，拿著三等票，坐二等艙，是三井先生預先電報囑他優待的；誰知坐未安席，可惡的管事人，來下逐令，說：電報未到，此艙已有他客……輕蔑的神氣，令人難堪！祇好打定主意，寧可加價，不肯移去！日本的人真面目，於此見出，一月來種種殷勤的優待，都付流水了！但固意中事，不足計較的；恐怕台灣人和朝鮮人對於日本人反抗的惡感，都是受賜於此！

那偉大的天然，是不分國界的，船開行了，憑欄看對岸燈光，與天際星光相閃爍，也是無窮的眼界。黯黯群山，漸隨流水去，回想那清明秀麗的山水，——是日本得天獨厚的，總覺來時匆匆，去時太忙，未免辜負了！遙遙送行的，還有海上的新月，空曠寂寥裡的一鉤，頓憶起繁星一首詩：「萬頃的顫動，深黑的島邊，月兒上來了！生之源，死之所——」，不禁其凜乎不可久留了！京中臨行，她告訴我說：「此去可以飽覽海上風光了！」。原來如此？四顧沉沉，燈光漸漸少，乃進艙就寢。

六月一日／晴

一夢醒來，聽吳君嘔吐聲，亦覺微暈，伏著不敢動，又入睡鄉；再開眼已是滿艙紛紛，坐客爭檢行囊，說快到了！停船登釜山岸，又是一種新眼界：男女衣著，都是白色——男的大掛，女的短衣長裙，都是夏布大領的，結以帶子。往來奔走的勞動者：男的背上重載過頭，女的大包頂在頭上；乍看那黑枯枯的臉色，好像露出亡國的慘狀！望我們來，怔眼相視，滿含著驚訝的神氣，見得出他們的知識很幼稚，而存篤樸之風。

在車站候車，往朝鮮京城，人聲嘈雜，又是觸目難耐的異像，使人心煩。十一時車到，我們乃先上車——是各處火車對於我們的優待；但今天看管理人對於朝鮮人特別的威風，又頓覺心裡不忍。初登車，坐位很寬，漸來漸多，有的戴著很小的黑帽，汗流而不知脫；有的上衣短小，不彀蔽其身體；白色幾乎變成灰色，乃至於黑色了！拖拉拉的裙子，看著可笑又是可憐——陳腐的習慣，不知改良，不會進步，恐怕就是亡國人的象徵了！又何忍訕笑他們呢？

夜十時，抵京城，已有本國領事館派人來接，到日本的二見旅館住下，生活狀況，與在日本無異，也都是日本的下女。浴後，就寢。

二日／晴

早餐後，出去參觀，有領事館的張先生，和朝鮮總督府的一位日本人相隨。先到京城女子高等普通學校。

朝鮮教育，分日本內地人，和朝鮮人兩種：內地人完全與本國內一樣，朝鮮人程度較淺；就女子教育言，學制所定：普通學校——即小學一到四年，高等普通學校——即中學——三年（據說現在已增加一年），師範科一年。該校學生兼收日本人和朝鮮人，編制兼備中等教育和師範教育。朝鮮學生，高等普通班畢業後，有一年的師範科；日本生高等班畢業後，有臨時女子教員養成所——國內高等女校畢業的也可入學。感人的，自然就是這不平等的教育，朝鮮人有朝鮮固有的語言文字，到現在所稱的國語，卻是日本語，而朝鮮語反變成特別課程，要慢慢減少，乃至於淘汰了！歷史、地理，朝鮮人所讀的祇有日本和外國的；固有的本國歷史、地理，卻祇讓教員養成所的日本人研究了！休息中，有個日本學生致詞，自大的勉勵中日親善，在此地聽見，更覺得煩厭！

參觀宿舍，日本和朝鮮各仍其習慣，都是沒有桌椅的，朝鮮人睡處，叫做「溫突」，像北京土坑上舖油紙：冬日隔壁有爐，導火入地下，室內溫暖，爐上又可蒸飯煮菜，做一所廚房，倒是經濟辨法。

朝鮮學生，改良的衣服：白衣黑裙，楚楚可觀，比較日本衣，還簡便適目。想她們受過教育物質生活，多少總有進步，若非日本代理，不知是何景象，能比現在更進步嗎？

出該校，到校洞公立普通學校，看那無知的小孩子，雖服飾不整，不及日本小學生的可愛，但活潑精神，還是一樣的；教育能力甚大，我們相信的——數年之後，這些小學生，不都要潛移默化，以至於不自知覺地服從於日本帝國底權威之下嗎？朝鮮民族固有的精神不要消滅於無形嗎！？

近年來朝鮮子弟求學者漸多，該校特設補修科，兒童年齡自九歲至十四歲，每日午後上課兩小時，成績好的，插入普通班。參觀到此，祇有慨歎，記不得什麼了！

午飯，有總督府教育科派人招待於某飯館；席間，聽他報告朝鮮教育概況，總說本一視同仁之旨，要慢慢提高朝鮮人程度。我想不說猶好，說了徒增人難受！若果事實上是一視同仁的，又何待理論的倡言呢？日本是日本，朝鮮是朝鮮，人類原是平等，又何必日本人來一視同仁於朝鮮呢？更感人的：提起中日關於朝鮮的往事，說過去雖經失敗，以後還望努力東亞幸福云云，我們身臨此地，已覺難堪，何必再聽此語呢？！飯西洋食，飯前合攝一影，還有一位校洞學校的女教員陪著。

飯後，遊慶昌苑，是李王舊日底游宮——今日底李王拘留在日本，雖有侯爵之封，行動不由自己，無異於坐囹圄了！昔日歌舞朝會之場，今日淒涼冷落，自然不勝時異事遷之感！聯想到東京的太子御苑，一盛一衰，何其相差如是！亭台樓閣的楹聯題語，都可見出當日優遊的盛況，有逍遙亭、長樂門、太極亭……安逸無事，能說不是亡國的先兆嗎？苑內有博物館、動物園、植物園都約略過之。遊興既倦，休息於濃蔭之下，各坐木頭椅，對著荷花池，正好寄感。

五時許，由張先生領到領事館，領事馬先生改調日本，祇有馬太太，和代理領事發先生出見，進茶點，還說幾句話，意思也是女界國外參觀是第一次等……館內園景很好，各得玫瑰花一朵。遊覽之際，聽一位某先生——是館內設立底小學校教員——說朝鮮人的生活概況：勞作苦，而報酬少，種種日本人不平等的待遇，受日本人的虐待，自由已經喪失了！問到獨立勞動，究竟有無希望。據說：實際很難的，一切是受日本人支配，財力勢力都不足，怎有發展的餘地呢？從前朝鮮有許多資本家，現在都被日本有一種基拓會社，吸收殆盡了！所謂教育，祇教他勞作，等於牛馬罷了——是亡國人應受之罪；還是亡人國的，太不講人道呢？想無可想，登露台上，遠觀山景，望漸近的鄉國，思慮一清。

歸旅館，晚飯後，隨張先生到市上購些零用東西。街道，廣闊整潔的，是完全日本化；污穢逼人的破牆泥屋，便是朝鮮固有的。聯想到本國各處租界地與城市各小胡同的比較，正是同一的例，不禁寒心……不忍想了！大街上商舖相望，燈光燦爛，營業的都是日本人，幾不信此身已離日本境了！

三日／晴

早起，有朝鮮教育會雇來許多人力車，請我們坐——因為今日所到各地，有未通電車的。教育會是純粹朝鮮人自己組織的，分男女兩部。他們怎會招待我們呢？前天在火車上遇著一位朝鮮人李先生，是獨立運動會的代表，自言已經坐過四次監獄了——但仍向前走，不肯稍懈。見我們特來問訊，並為介紹該會。我們很不願意他無謂之費，又慮有妨他們前途，堅辭不獲；答說：祇願我們為他宣傳……至於利害關係，既出心願，便不顧慮，不怛怯的！語氣甚壯。又曾聽他說：現在的朝鮮人，不是從前的朝鮮人了！自然是被壓服民族之強處！希望他有一日成功！

上午參觀淑明女學校，該校是私立的，一位朝鮮富家李太太捐款，和日本一位熱心女教育潤澤氏創辦的。李太太是舊式的婦人，一見而知她雖是校長，不過僅僅出錢而已！特地供給日人辦奴隸教育，去奴隸朝鮮人，未免不值得！也許是我心眼太小嗎？

學校情形，無足記的。臨行招待我們的教務主任，道歉說：「本校設備不完全，無足看的；祇是教育者應當忍耐，效果自可漸見；為中國想，諸君初出辦學，也許是此種情形，希望熱心不懈，不要餒志才好……」，倒是中肯之語。

潤澤女士，現年七十餘，本校創立十七年，是她一手經營的；原始不過小屋兩間，學生五人，現在發達，學生數已有五百多人。又聽說她不僅熱心女子教育，在日本國內，她所資助的學生，不少是現在日本的名人。學生愛戴她，都呼做祖母。學校參觀完，到她住宅小坐——就在學校隔壁，小屋兩間——一間日本式，一間朝鮮式——題日：普信館。館前雜栽花草，別饒雅趣。想她，每日課罷歸家，獨對花草，是何等的幽逸清閒呵！精神矍爍慈祥，令人欽羡！庭中盛開紅玫瑰，親自剪贈我們，每人一朵而別。

出淑明校，到景福宮，李師說：中日之役，袁世凱敗仗於此，李王不得復住宮裏，即從那時始，祇有此宮，作永久的紀念了！宮殿巍然，王座虛設；遊此之感，不減昨日！有樓名慶會樓，想是當日宴會之所，登樓俯臨方池，碧水渺渺，微風拂拂，獨倚欄杆，祇是無限感今思昔。

午飯，應男女教育會之請，於朝鮮「國一飯館」；朝鮮吃法，圍坐——地面油紙鋪的，也得脫鞋穿草屨，每人一墊——一長方桌上，不下數十種不同樣的菜餚，大盤，小碗，還有火鍋，羅列著盡桌之端；聞說吃時，要互相傳遞的，吾們卻不知其所以。列坐既定。男教育會長一位老先生致詞，由一位通中國語的，代為翻譯，大意說：我們遠道來遊，他很喜歡，又祝我們順適回國。李師答詞，很動感的，他說，「中國朝鮮原是兄弟之國，年代久遠，漸漸分離，到現在言語雖然不通，文學仍是相同的。這次參觀過此，時候不多，蒙諸位優待，於最短時間中，起無窮的感想，昨天參觀博物館，見朝鮮的古跡，不啻本國的古跡，有的中國都看不見了！因此對於過去，對於現在，再推想到將來，心裡種種感想，一時言語實在難盡的……明天到平壤，謁箕子墓，想箕子有靈，也當喜歡我們之來……」。這些話，實在使人不忍詳思！滿座同學油然淚下，同情之感，就像家人骨肉，被人慘害，坐視而不能救，是多麼痛楚呵！盧隱繼進數語，也是抒感之言，並祝前途努力，女教育會長，也有致詞，說她十餘年前曾到中國，住上海，對於中國是永久不能忘的……

飯後別眾主人——女會員十餘人，男會員五、六人——仍隨一位日本人——飯間也在座，但言語不通——到一所濟生院參觀：濟生院就是慈幼院性質，組織分兩部——養育部和盲啞部——養育部專收貧窮無告的小孩子，——如棄兒、孤兒等——在五歲以下的，寄養親切可靠的人家，每月由院給一定工資；五歲，到本院。六歲就學普通學校，六年畢業後，性質相宜的，到本院附設農場，從事農業。性不相宜的，做木匠或鞋匠。現有兒童一百二十人：在院六十人，寄養人家三十人，農場實習二十人，工場十人，設立十年，十畢業生出院，能自謀生計的不少云。

院長熱心從事，說孤露之兒，要希望他教育效果，與常人一樣，是不易的；因為遺傳的影響很大。但彼亦人子，總以常人一樣眼光看待他，希望他能力足以自立。學科重職業，技能；不重科學知識，使能早謀生活，免得常感孤露，仰人之苦——的確是一片慈善心；當然要替這些孤露兒，感激他們的！

出濟生院，到美術展覽會，是朝鮮第一次美術展覽會；朝鮮人的出品，是中國畫，和篆文、草書等，我們看此，已感不勝感；那些品物評著一等、二等，我想日本人，對於這些古雅美術品，也能評得的當嗎？還有日本畫、油畫，都約略一看。

回寓檢點物件，夜十時車赴平壤，送行的有李先生等，和男女教育會會員，為他們前途想，好像增加自己的責任心，又是一種想念。

四日／早陰漸放晴

曙色昏昏，車到平壤，才五點鐘。一夜下雨，天氣頓冷，隨身不曾多帶衣服，同學們披圍巾，冐寒氣，走那泥濘道路，還提著零星物件，真是旅中特別趣事！到站相接的，有李師一位東京高師同學朝鮮人，和本國領事館派來的；步行很遠，到朝日旅館，倦極，入室即睡。

八時醒來，餐後，徒步出門——未有電車道——將謁箕子墓，順道一位總督府道視學，領到平壤府署，某科長出見，為述平壤府概況……近來朝鮮人民，忽然大起教育熱，就學兒童數，忽然增加，現有學校數不能容，擬五年內增設五個學校，在本府裡……修道路；防傳染病；注意公眾衛生；調節市面物價，設市場；辦職業介紹所；還有勞動旅館，便於異地下來的勞動者，旅費特別便宜……種種設施，有一定計劃，有成績可觀；總算不愧有地方之資的，能勤其政！吾國各縣底縣知事，若果能如此，地方安寧，有什麼難事呢？

茶點後，又前行，過平壤府立女子高等普通學校，先到宿舍，今日星期，學生們因我們來，特在宿舍等著，脫鞋入舍，便是坐那「溫突」，茶點是許多糖果，與日本不同的，還有杏仁茶，不是珈琲。少坐，相對同是言語不通，對朝鮮人與日本人，總覺異感；聯想起西京林君，卻是同情！繼到學校，離宿舍較遠，校舍建築和設備，較京城兩校完善，祇略觀手工成績、刺繡等。在應接室午飯，一大碗朝鮮麵，煮法近中國，吃不對口，幸有鮮辣泡白菜，勉送下咽，也終竟吃不完。與那些學生面面相覷，筆談也不解，是師範生，漢文已不識了！但知道她們，確是歡迎我們來的；勉強筆談中，問她們「日人待你們如何？」她們說：「大端親善矣」，不知究竟是何見地？

出該校，有四位學生，和她們校長隨行。先到「箕林」，山上蒼松參天，聽說中日之役，清軍因念箕子，不忍毀林，所以日兵得攀此上山；想箕子有靈，將何以道歉於朝鮮人呢？箕子墓，古意淒然：三尺孤墳，荒草叢生，兩邊石像，中揭「箕子陵」三字。同學們鞠躬致敬，並供以女校帶來每人一包的甘栗；雖是興之所至，而一時肅然，實寄深感！

別箕林，尋小徑登乙密台，是馬玉昆失守地，子彈斑斑，祇是往事不堪回首！遙望牡丹台、玄武門，都是當日要塞；玄武門是日兵所自入。當山口低處，下臨大同江，袁氏敗兵所自逃，想見當日狼狽顛沛情景。下山攝影紀念。復泛舟大同江，仰看「清流壁」，懸崖高聳，多題字，李師說：是朝鮮末世，多富紳名士，以文字自娛，流連山水之間所題的。今天見白麻衣人，往來其間，還是不少遊人。波光迢迢，長弔亡國之慘，我們優遊漫泛，也有何心！聽岸上搗聲，許多白衣婦女，臨溪洗衣，增人歎息。成敗變遷，原是常事，但可憐朝鮮亡於日本，竟一蹶難振，長為奴隸！對著美景，暫且忘憂，同學分坐兩舟，歌聲遙和，晚風吹來，心曠神怡。乘間李師問朝鮮一位學生，（日本語）去年朝鮮獨立情形，祇默而不答——不忍言？不敢言？還是無可言，或者不知言呢？——遊興未闌，日已向暮；登岸過大同門，許多勞動婦女頭頂重物——暗想這真是生活的壓迫、物質的壓迫，使她們腦袋不發達了！

歸旅館，邀諸位朝鮮學生少坐，臨別她們說：恐怕不能與我們再見了！悃然！

五日／晴

夢中聞催起聲，夜色瞑瞑，才三點多鐘，勉開睡眼，勉進晨餐，四時離館，望車站行。路上行人，祇有也趕火車的幾輛人力車；黎明的寂寞，卻為我們驚破了！冷氣襲襲，笑語嘻嘻，還指著天際的曉星，結隊連翻，也覺得此樂何極，此景難尋！三日小留底朝鮮，又從此告別了！將來不敢說有重到之日，不知可憐的朝鮮前途如何，祇有對之黯然！到車站，許多候車的男女！女的盛裝豔服，大概是朝鮮妓女，瞠目相視，貌似自樂，不能不使人憶起「商女不知亡國恨」之句！男的短衣襤褸，一見知為中國人，而他們卻猜疑不定，耳語說：「是中國人嗎？不是日本人罷？」」。國內常聽本國僑民到處丟臉，不想竟真在此目擊！浩歎至於厭煩了！

車發奉天，坐客漸少日本人了！多半是朝鮮人，和中國人。作家書，告以歸期；又分寄友人明片，述朝鮮之遊。一睡醒，到鴨綠江了，是中、鮮交界處，過安東縣，同學張君曼筠跟她父親——在領事館任事，因為交界處有稅關查驗手續，特來照料——從義州來看我們，相見欣然，知她是避京中戰事，到義州去的。

車停一小時，復行，離朝鮮界了！登車的中國人漸多，聽國語，入於耳，解於心，不像日本車上，那樣寂寞；但觸於目的：不是寬袖和服，也不是白色麻衣，是藍布大褂，套上黑短袷了！大家都說可喜；我覺得他們觀望的神氣，祇是閒暇無所思慮；比較那低頭靜閱書報，沉默深思的日本人，實在有些不同！車外所見，不是蒼翠的林木，是黑褐色的童山頑石，增人煩悶。

晚七時，車抵奉天；下車不見迎接的人，正在張望心慌，果見瀋陽高師幾位學生，跟一位先生從前面來；相見之下，高呼歡迎的三聲，提醒我們到國了！應對既能自如，一切都不像在日本的隔膜。離車步行到安全地，見輛輛馬車，他們已代雇妥，每輛三人，坐定望該校行。沿途先經日本租界地，街道廣闊潔淨，商舖都是樓房，都揭日本商標，又疑此身還在日本了！行稍遠，到中國地，都是窮鄉僻壤，滿堆頹垣廢瓦，對著暮色蒼茫，使人起淒涼之感！何堪再兩相比較呢？

自車站至瀋陽高師，有十七里之遙，談話不覺，到校門了！入應接室，頓覺屋宇宏大，桌椅都是特別之高，不似舊時……引到睡處，寢具已為代備，可感招待得十分周到！盥漱後，進晚餐，是久違的中國味，在饑餓中特別適口，飯後有同鄉林君、吳君相訪，吾國人重省界，是習慣使然，所以同國之外，又有同鄉，如在日本留學生總會歡迎會之外，還有各省同鄉的小會，實在沒什麼意義，素不相識的同鄉，究與同國有什麼分別呢？但言語關係，倍增愛鄉之心，也許根於天性罷？寒暄既畢，兩君告辭，我們安寢，不是席地；是草簾、皮褥的每人一床了！

六日／晴

醒來紅日照窗，床舖即在窗前，窗外柳絲拂拂，鳥聲唧唧，是很好的景色！梳事後，十時出，參觀奉天女子師範學校；校內有師範本部，有中學，和附屬的小學與蒙養園，看時，都祇的略過去。

小學生整齊劃一——自服式至於應對，坐立的態度，都是全體一律，有法度的，足見平常認真辦理；而板滯無生氣，實與日本所見活潑有精神的，相差太遠！

中學祇一班，從前該校有蠶業科，近來一般求學女子，都喜師範和中學，此科招不到學生，已行取消；即此可見職業教育之不注意，較之日本職業學校大受社會歡迎，也是不同之點。

幼稚園主任，是北京本校保姆科新畢業的，兒童數十，也是失之整齊板滯，衣服多藍布大褂，固是地方習尚如此，但我對於小孩子總覺得太欠美觀，無形中，足以妨害他們快樂的性情。

校長談話，問教育方針如何……祇說：「都一樣，沒什麼特別……」。又不能不聯想那各地各校，有特別方針特別理想的教育精神了！聞說已代備宿舍，惜吾校公文到，報錯日期，所以她們昨天沒到車站相迎，今日邀再移住，因日期不多，省得往返之勞，祇得對她們說心領謝！

出該校，到高師附屬小學校第二部，學生有自治的組織，內容很完備，算是參觀中第一次看見的；各教室揭著各種關係於自治的記事，很整齊。據主任說：自治效果很好，團體關係，常能督促個人；如出席，勤務等，成績最著。國民班是各級分團自治，各團特有名稱；如互助團、自強市等。高等班是各級合組，有市議會等，更見完備。由記事中都可窺見兒童活潑的精神。

下午參觀第一師範學校，真真祇走一趟，就告別。問校長辦理情形，也祇說沒有什麼特別的。

出該校，遊皇宮——是滿清未入關時所居——看巍巍大清門、崇政殿，和那麟趾、寧清……底宮，都祇是破陋古屋，滿目淒涼，增人興亡之感而已！乾隆帝底寶座，一片破布蓋著；畫樑雕棟，滿積塵埃，比較日本所見古跡，常存新像，又覺不同！很有趣的：一間「繼思齋」，是天子退思之所；因為古代先王有九思，所以齋分九室，每室四門與他室相通，當躊躇漫步之際，大概很適宜的？但我不免疑惑：難道天子平日都沒有思想，除了在這齋裡嗎？若是不在此室，偶起思想，是不是要暫時禁思，急忙跑到此室呢？為同學們言之，不禁啞然！

傍晚，歸高師校，有該校校友會底歡迎會；先報告開會宗旨，次之贊助員——教員——普通會員——學生——先後致歡迎辭，無非祝頌的意思。李師答辭，大意說：「此次到日，備受各處歡迎招待，但他們無非別有用意：交誼上討好，或探查我們情形，或表揚自己好處，都帶上不自然的假面具，實際沒有意思的！……講起日本近狀，可以簡單幾句話說明；對內努力奮鬥，得寸進寸，對外恩威並濟，尚有未征服的，便暗中慢慢進行；沿途所經，處處有感，譬如經營南滿不遺餘力，我們應深自覺悟的，不要真蹈了朝鮮、台灣之續，那時已太晚了！教育者應當責重自己，教育界以外，無足恃的！東省與日本關係最切，諸君應當特別注意，……」。繼之陶、黃二君，都有致詞，報告些日本女子教育情形。

會後，又忙赴女子師範的歡迎會，一進會場，擁擁擠擠，他們師生滿座，已等候著。坐定，國歌一曲，賓主相和，是旅中未前有的。先有樂群會（大概就是校友會性質）會長（即校長）報告，次學生致歡迎辭，次李師答詞，先說：該校與女高師關係，應當聲氣相通：……又論男女平等問題：平等與否，不在參政權之有無，（適間歡迎辭有參政之言）在於人格的平等，要從教育平等著手。……按中國現狀而言，經濟困難，對於物質的需要，是很難完滿如願的，要在教育者奮發有為的精神！……陶、黃二君，又各有報告詞。會後告別，學生們依依不捨，祇送至內門，——因為校規所定，內門以外，走不得的。

晚飯後，陶君介紹一位北京高師畢業生，現任女子師範教員的王先生，為我們報告些奉天女子教育情形，他來此不過三月，據說新感不少！奉天風氣閉塞，女禁尚嚴，女校裡有年輕男教師，他要算是空前的。自說備受種種拘束——尋常不許同學生個人談話，上課時不許發問，不能走下講台，不能視覺專注一處的。——真出人意料之外！而與此適反的：風俗敗壞，軍人納妾之風甚盛，女校修身書，竟有為妾之教！一般女學生，甚至慕軍閥財力，情願作妾的，言之真可慨歎！環視國內黑暗之區，又何只此地呢？

七日／晴

上午十時，汽車遊北陵，也自是史上勝跡，不可不至的。所見宮殿、樓閣、紅牆、白墓，也與昨日遊皇宮同樣的感想。牆上題了許多紀念字，足見來遊者多日本人。見一詩，說：「東牆西牆皆放屁，多虧皇陵修的寶，祇恨倭奴見不廣，不然何事瞎題字？」，大家一笑之餘，覺得作者未始不是有心人！此地皇陵，較之朝鮮底箕子墓，又何如呢？！

下北陵，歸寓，飯後，挈行囊到南滿中學，將順道到車站。南滿中學是日本代辦的中國教育，全校分兩部：中國學生，稱南滿中學堂，日本學生稱奉天中學校。今日學生出校旅行，祇略觀新校舍底建築。查課程，中國學生也是以日語為主的。與校長無聊的談話，他說：「中國人的優點：固有的精神文明，根本與西洋的物質文明不可同日而語，應該發揮光大之。漢民族體格，占世界優勝地位；中國尚文，愛和平，國際的度量大，不像日本狹小；國民精神平等，不像日本有階級的限制；商業思想發達，商人有信用；中國人勤勉習性，要算世界第一；中國人又有徹底的國民性……」。他說，我聽，究竟如何呢？不妨反省反省！

留校飯一碗，告辭，道過日俄戰爭紀念地，又是我們國恥紀念地了！夕陽裏，高豎著忠魂碑，那為國捐軀的忠魂，果然是不朽，是有永遠存在的價值嗎？！又參觀中學校附設的圖書館，普通人費銅子三枚，也可入覽；建築煥新，較日本所見各圖書館，設備尤佳，閱覽室裡明窗淨儿，有綠色紫色底燈光，讀書其間，當別有幽感。

五時許，到車站，車赴大連。車上望天際彩虹，夕陽既下，紅霞未退，海水反映，成天然一帶的五色旗；恐怕車上縱有畫師，也描寫不盡萬一！倚窗佇望，直至夜色暝然。吃堂裡少進點心，遇一群醉鬼，是日本西岡師範學生。也為旅行去大連的；車裏一夜狂呼亂叫，令人不得安睡！日本多酒徒，使酒猖狂，街上時時見及，但不想師範生也有此風，為想將來何以為人師呢？這也算是日本教育底一點「馬腳」，可以體會出來。

五、大連——天津——北京

八日／晴

早七時半，車抵大連，迎接的是些日本人，猛想起：大連雖是中國地，可是租與日人了！有兩輛大汽車等著，我們分坐上車，沿途所見，自又是不必說的日本感！而多西洋式的建築，實較日本街更壯觀瞻！到救濟婦孺會，倒是中國青年會附設的，樓房建築，在樓上臨時設床，是粗木板架成的大炕，鋪上寢具，直睡至午飯，才倦然下樓。飯是中國菜，觸目不潔，難於入口！記得外國人說：中國菜以不潔擅長，真是巧謔可歎！常有蒼蠅拌著，真恐有礙衛生！在東京日華學會，和奉天所吃的，也都是同感。

飯後，參觀大連西岡子公學堂（就是教育中國子弟的小學校），是日本關東廳設立的；學生千餘人，讀的日本語，唱的日本歌，紀念的日本國慶日，漢文反註以日語了！他說：歐美各國都為中國辦教育，所以日本現在也很熱心的為中國教育界努力，現在關東府對於本地教育十分注意，求學的也漸漸多了。我們應該謝謝他嗎？我想他說這話真是何苦！參觀此等學校，同學們都是心裡先存不快之感，無心詳查內容如何。

到滿鐵工廠，是南滿鐵路應用各種器械底製造，處科學萬能固可驚歎，而生活壓迫，他實禍首；是參觀工廠的普通感想。

出工廠，遊星浦，是海濱勝地，集成公園。登山，遙望萬頃的海波，島嶼羅列如星，便是星浦所自名的，小坐休息，濤聲上下，浪花閃閃，頓寂的思慮，好像遙答冰心說：「在這裡，我登過高山；臨過大海了。『自然』無語，我的心中，是歡愉，還是淒楚，我也不能自知了！」。潮水不到的地方，岩石深帶水痕，都成空隙，不知其經多少時候浪花的浸蝕、海潮的飛濺了！到低處，大家相率撿貝殼和石頭子，興致極豪，竟濕了腳而不覺！到滿鐵公司招待所，進茶點，面山臨海，美中不足的：不能不想到這個地方，是租與日本了！對著偉大的天然，竟因狹小的國家觀念，而生異感，不很慚愧？

離星浦，到虎灘，也是海景之佳者；高望形勢更險，眼界更廣，加以人工的點綴，更饒趣味！海裡漁船往來成隊，沿岸漁戶櫛比，是產漁名地，居民以漁為業，魚價特別便宜。歸寓，不早了。

九日／晴

候輪，因得乘機遊旅順，上午十時行，火車一小時即到，有關東廳派人來接，過關東廳少駐，到旅順師範學校午飯，是預先有約的。到校即進飯廳，吃的是中國菜，分坐三度，先有校長的致詞，該校也是日本辦的中國教育，餘無足記的。菜來得慢，悶坐跟一位中國教員老先生談話，更覺火上添油！他是朝鮮東文學校三年畢業的，在本校擔任漢文功課，據說漢文還是課外的功課，有志願的學生，特別要求每週加授三小時！他對於中國情形，毫無所知，祇說「中國大概很難希望罷？」。校課沒有中國史，我們勸他可以把中國史實加入國文課，使學生大略知道；但他竟不知什麼是歷史教科書，不知在中國有什麼書舖呢！到是會替日本人說話，他說：日本人抱世界主義，看人類都是好的；所以他對關東教育，非常熱心，每年花不少錢呢！不幸世界主義的好名詞，又讓日本利用了！數年之後的大連、旅順，還堪設想！飯後，略觀校舍，和附屬公學校，見一個小腳的女生，在空教室裡案上伏著，憶起路上所見不少纏足的女子，所謂熱心中國教育的日本人，對此當無言了！

參觀旅順工科大學，看許多機械，和學生工業成績，設備很完全的。

遊日俄戰地，登危嶺，邁步前行，到最高處爾靈山，高出地面二千零三尺，又稱二零三高地；是名將乃木之子死處，有碑紀念之。據說：此山形勢極險，戰時俄人守此七十餘日，日軍死七千餘人，由日本人兇狠好鬥的眼光說來，崇拜乃木將軍，固是有由，（同行一位日本人，通中國語，言時顯出驚歎神色，稱頌不置。）但我想：造物主有知，必將大笑，當其開闢天地之時，高者山，低者水，不過一凹凸之間耳，沈迷的人們，竟值得如是犧牲；任他看來不是比我們看螞蟻爭塊餅屑，更渺小嗎？讀乃木詩，功名豪氣，不知當他頻死之時，能自知是功名之誤否？！弔憑戰墟，壕道縱橫，石碑之外，祇有草蟲。遙望港口，同來的一位工科學生，歷指地理形勢，詳為說明：軍港之險要，已不是我們所有；但天然之壯麗，總使人歎賞不置。在山上攝影一片，撿石子數枚，下山，烈日當頭，熱極，沿途有工科校諸君攜來的汽水，數步一歇，尚不覺疲。

參觀滿蒙博物館，關於滿蒙古代風俗品底陳列，見新疆地中掘出的屍體，一千三百多年了，因為氣候乾燥，所以能久而不腐，不過枯乾的顏色，和僵臥的神氣，使人感到人生的結局，聳然而已。

夕陽正送歸車，車向正東，一輪紅日看不見了，三五圓月，卻迎面而來；雙丸上下。客裡光陰，便這樣等閒過去！七時，抵大連，歸寓飯後，有青年會員安、牛兩先生，來為我們談話，報告些日本對待大連人的實況：大連人風氣不通，猶是數十年前的中國，日本人名為設立學校，經營教育，實是敷衍了事；一般居民，吃鴉片、做暗娼、垂長辮、纏小足，都是他忍心不管的！學校裡，不見中國旗、不聞中國事，公學堂的畢業生，僅僅說些日本話，徒以「助紂為虐」、「狐假虎威」的欺負中國人了！不過日本人實行力強，大連、旅順到他手裡，不過幾年，物質上進步，如街道之整潔，電氣一切使用底便利，公園設備之佳，實足使人佩服，現在我們所住地方，數年前祇是荒山（李師來時還看見咧）。他辦教育無誠意，若果中國人有熱心的，發起自辦，他也是無法干涉的；所以責任還是責重自己！現在青年會已設一校，以後還要慢慢擴充。此外青年會所辦的事業還很多，是大連人一線光明，祝他成功！時已夜午，講的人還滔滔不絕，我們卻倦極了！

十日／晴

早，參觀幼稚園兩處，都是日本小孩子，與日本所見無異。繼至大連女子高等學校，也是日本學生，課程中較日本內地，加中國語一科而已。

午飯應四團體底歡迎會——關東婦人會、日華婦人會、大連婦人會、滿蒙文化會社——在大東樓酒館，到館登樓，一間不很大底長方形屋子，徘著七桌酒席，中國的——許多不相識的中國和日本女人，擠來擠去，應酬敷衍，沒意思得很！宴中各團都有代表致詞，無非是中日親善、促進文明的一套話。我們陶君也就是拿人類世界主義，去應付他，其實都是空費時間！

出酒館，到大和旅館，登屋頂，望大連全景，遠處大連灣的海水，船隻往來；近處城市，層樓高屋，一覽無餘：整齊的屋瓦、寬大的街道、某處學校、某處公司、工廠……若不是租界，還不定是怎樣一塊荒地呢！為世界想：實增一有用之地，不能不為世界而感謝日本人了！

又到滿鐵圖書館，不曾詳看。

晚飯後，赴青年會的歡迎會，該會每星期有講演會，今天特請李先生講演，早在會場附近，大書特書一個廣告了！我們到時，來賓已集，室小僅能容一百人左右，先有安、牛兩先生的介紹辭，安先生原是激烈派的，數聲中華民國的高呼，悲壯之氣，直刺人心！中華民國！中華民國！在這半死的大連裡呼喊，無異對於死人的招魂，令人怎忍聽聞！李師講演，大意也帶激烈，是到日後，種種回首中國底感想……教育的侵略，較有形之刀兵，更毒、更甚；無誠意底親善，假仁義的世界主義，都是我們不可不根本覺悟，及時努力的……。陶、黃兩君也各有言：陶君希望大連人改善生活，從小做起；黃君是希望實際上四事：禁煙、放足、自辦教育等。聽眾先時限於坐位，頗不寧靜，聽時甚為嚴肅，掌聲時聞，精神總算不錯。安先生曾對他們說，得使我們知道大連還有中國人，誠然！人心不死，事無不可為的。覺得此會之間，誠有必要，不特聽者一番刺激，便是我們也深得印象——這種地方，是從前所不曾注意到的——講演既畢，國歌一曲，聽眾起立致敬而散。

十一日／晴

早餐後，參觀大連市立高等女學校，校長是小時認識的土田先生，曾在福州師範學校擔任教務，也是李師的先生。今天是星期日，因為他們開校紀念日，有保証人會，展覽成績，還特別上課，請父兄參觀；我們適躬逢其盛了。見禮儀演習，學生授傘與先生，進退鞠躬，彬彬有禮，是在日本未曾見的。教授參觀既畢，入其禮堂，聽校長對父兄談話，來賓滿堂，不像我們學校父兄談話會，那樣寥寥無幾。聽李師譯其大意，是先報告校中辦理情形，又說現在辦女子教育不易，社會派和家庭派，兩極端底主張，都不對；本校宗旨在養成女子完全人格，注意到社會、家庭兩方面……。

歸途順道至電氣遊園，是一所公園，地方不大，山石之間，有一所小池，可以垂釣。又有遊戲場，少憩即行。

飯後同學們多倦睡，我們喜精神尚好，作婉書，又寫日記，晚飯後乘暮色作月夜之遊，同學分兩組，我們一組徒步到西公園，濃綠的林木外，別無所見，散步其間也不覺此心之適。

出園到日本妓女聚居底一條街道，特看她們是什麼情形，列屋對門，都掛著小牌寫「貸屋敷營業」，就是妓館了！各門內，都有幾位老媼坐著，壁上掛許多妓女的相片，便於來人抽選。據說：從前還是本人列坐門口，當面選擇咧！為著她們忌諱，不許我們入內細看；戶外徘徊遙聞絃歌之音，祇有歎息！

不好受的感覺，正在精神鬱悶著，忽然抬頭見山，在街道盡處；黑暗中，從高處映下一盞燈光，眾人樂之，鼓興登山，山路叢堆石頭瓦屑，黑夜行，頗不便；但人多興豪，反增樂趣。忽達高峰，下視平面燈光，長途黑暗，果見光明了！愈高眼界愈廣，燈光稀處，有數點浮動的紅光，知是海上往來的船隻，當此涼風爽人，歌聲、詩聲相唱和，一時之樂，真可稱雄大連！偶一仰首，東望兩峰之間，隱見紅燄，眾目之的，都移到她了！一輪皓月，漫漫上升，半圓漸漸全圓；如豆的人間之燈，不足比擬她的清光萬頃了！偉大純潔，凝注了我的心靈，祇對她沉默無語，不能再聽同學們的歌聲和笑語，但覺得人間可厭，暢快胸懷反而鬱結不自解了！時不早，同學催返，尋徑下山，又到市場，同學有購物的。歸寓已晚，聽李師說本地人許多自認為日本籍，助日本人虐待中國人的不少！這種人固然可恨，但是誰之過呢？與其說他可恨，何如說他可憐。途中行許多身穿中國服的，互相日本語說：「支那人，支那人，」還有問：「中國是清國嗎？」。有什麼可說！

十二日／晴

參觀滿鐵窯業公司，是滿鐵會社辦的，原始分三部，現在祇有玻璃業一部。先看研究部陳列底成績，據說，日本玻璃製造，原不及西洋各國：現在正在研究之中，極力仿製，成績甚佳，不難與各國抗衡了！研究部裏研究成功，便以其法傳佈民間，使他們自由製作，足見日本工業發達，實是政府之力！勤研究，善模倣，便是惟一底能事；瓷器許多我們常用的古式盤碗，說是從前特為仿製，專輸中國的，現在已見成功了！依類而推，不知我們日用品，還有多少不曾知覺底日本貨呢！到工場，看那形容消瘦的工人，都是中國人，尤以小孩為多；整日在烈火中吹玻璃管，我祇小立，已覺得熱氣難當了！聽說：這種工作，跟身體大有妨礙，要患肺病，促短壽命的。可憐！具人性靈，勞作還苦於牛馬，不是更苦嗎？同一工人，日本人跟中國人工價不同，小孩又不同，更是不平事！小孩正是學齡時代，勞以苦工，是人道嗎？

繼到滿鐵教育研究所，該所專為研究滿洲教育而設的（大連，旅順底教育分屬兩處——關東廳和滿鐵公司——滿鐵公司勢力很大）。組織分三部——編輯調查和教員養成——調查地方情形；編輯適用的教科書；教員養成，有從日本國內師範學校畢業來的，須在本所研究一年，才許擔任本地教員。這是他殖民地的教育，試問中國全國，那一處有適應地方情形的特別教科書呢？他說：「滿洲在歷史上，原是很有意思底地方，是中國的殖民地，現在漸漸退化……」——中國人聞之，能不慚愧！又過滿鐵公司消費公社，所有販賣品，專備公司中人之用，從日本運來，不經商人之手，價特從廉。

歸寓午飯，飯後祇寫些日記。晚上，安先生來，他在本地泰東報館擔任編輯，對於大連人很熱心的。自言在此孤寂，驟逢我們，道同志合，大慰生平；其實我們同他個人說話後，差不多是一句沒有，他又何從而知我們底志和道如何呢？送我們詩，無限感歎，一時也為惘然。廬隱要看吃大煙的，邀同羅君，請安先生帶路往，果然到一所煙館：進門寂無聲，扶梯上樓，見木炕上，三五成堆，縮腳側身地躲著，每人煙一管，燈一盞，呼呼地吃；臉面和身體，為煙氣所薰，正像北京所見的挑煤人。雖然他們看見客來仍舊無知覺地吃他的煙，但陰氣森森裡，被他黑晶晶格外有精神底兩眼一望，已不由得我心機停閉，恐懼起來了！那不識好歹的館主，還儘管領我們，到裡面較上等的一間屋，說：「吃一口罷」。我們既一覽瞭然，返身便走。走到門外，我才不禁發出戰慄的笑，好像大險得脫；想那館主看我們不言不語，自來自去，一定會生許多疑問——想我們的來意為何呢？噫！

步月歸，安先生頻談國事、時事；我想：清閒底月，不要笑人事底徒勞吧？

十三日／晴

可喜的一日，我不能忘記的：我們登輪離大連，指日可以到天津返家了！可是登輪很不適意的：仍舊坐的三等艙，還不是來時底並等艙，有共睡之床；祇是船上最低之一層，鋪上幾領粗疏底竹席，二十人才有一丈方底小地方，通氣的祇有兩隻小圓窗！我們低頭走下小梯，觸目那些污穢逼人的男女，都帶著他們粗糙的食品，側身躲著，不可近的臭氣，祇與我們隔一重破布；窒塞不通風，好像進了火洞。同學們一見都怨歎說：「在這裡住一晚，非要悶死不可！」。臨時想換二等艙，又無法可想，祇好忍耐下去。其實我們平常提倡平民生活，這才是一個好機會！住在船裡最低一層的人，不祇今天有我們，也不祇今天在這船裡有與我們同境遇的人，是每時、每地，不特船裡，都有這同樣的人——他們難道不是人？他們心理、生理的狀態，難道不跟我們一樣？他們是永久要受不自由的壓迫，而祇得忍受的；我們祇偶然的遭遇，還可以避免的——若使我們今天不搭此輪，改日走，就可不受此苦——兩兩相形，我們忍心說，今天的遭遇是苦，而沒有一點同情心，對於這些萍逢的伴侶嗎？這樣一想，我的心靈便活潑起來了！我又喜歡在船面閒眺，睡處原是無甚需要的；艙裡擱好物件，便到艙外。那時船未開行，許多賣糧食的人，紛紛往來船上，都算是我實際察看平民生活的機會。他們所吃的，是一角一小塊的烙餅，從一大塊切下來零賣的；又有小塊的麵包……蒼蠅往來其間的，都是三等艙人的食料。我們雖然也是同境遇，還吃不到這個呢！還有人就住在裝貨底艙裡，出入無門，若是下雨，就得嚴嚴緊閉在底下了！這是很難的：我們無論如何，不能了解平民生活，形式上雖然有時嘗到，而精神上根本是自由的，總感不到缺衣缺食，希冀不到之苦呵！

當午，開船到大連；行內海，很慢；看那蕞爾島嶼，孤立海中，海潮激蕩，隱見浪花。山色都是枯乾的，叫人難受。好在這次是歸舟，心聲、水聲不住地說：「近了！近了！」——，總覺得無限的快慰！但不免著急的：原期明天可到天津，此刻聽說水潮不濟，要遲到後天！

祇與心隱各手一卷，坐鐵柱上，有時抬頭看看。日影漸斜，憑欄祇有我一人了！旅中末次的夕陽，我決意送它：紅丹丹的一輪，正對著我，淡紫的彩霞，越發紅光耀人，便是它一天的工作完了，付與世人最後的禮物。海上一道金光，天際一陣黑煙，渺渺浩浩，便是無限的眼界。忽而紅日祇見半圓，半圓沒在雲裡，原來遠山為彩雲所蔽，祇覺得萬千天使般把紅日迎接下去，竟別我視線於無所見了！「夕陽無限好，祇是近黃昏！」，我念此語時，我神猶悵望那落日深藏不見蹤跡呢！霞光越發燦爛，天色可是漸瞑。可數底繁星漸多，送罷夕陽，再望明月；祇惜三五已過，直至十點多鐘，還四顧沉沉，不知何處是東方！作惡的海風，颯颯吹來，簸動船身，催我返艙。昏然睡去，竟不知月出何時，也不知月落之後，東方何時更白。醒時，已是紅日穿進小圓窗了！一夜聽說風浪很大，同學時有嘔聲，但我竟無所知。

十四日／晴

醒不耐臥，心隱呼起在艙面櫛沐，意外的消息：輪船已趕上海潮，可進大沽，近午就到天津了！失望後的意外之喜，真是喜出望外！果見船入大沽口，慢渡七十二灣，「到了！到！」，恨不得這兩聲，直達到家，不定他們在那裡念著：「不知何日可到」呢！這時身雖在船，心已到家，想像那相見欣然，歡呼笑語的神情，眼中耳際，彷彿都身臨其境了！船行特別之慢，跟劉君兩人，祇不住地念著、等著，天氣狂熱，兩岸的景物也無心觀賞；一片綠蔭，是希望的暗示，越是希望，越發著急，手上的錶，也走得特別遲緩了！好容易遠望天津碼頭，直到最紀念的俄國公園，也到眼前，才一意喜歡說：「到了！」。時已兩點多鐘，急急登岸，以為四點後有車到京，今晚一定在家；誰知走到車站，又是一番失望：為奉直戰事，四點半的京津車，竟停開了！候車室裡悶坐，定明早四時行；商量行李暫寄車站，還是一番周折手續；電話覓住處，想到女子師範，又打不通；不意到了本國，反而感苦了！同學們決定住旅館，我們仍到錢丞令姐家，獨別眾人而去，忽然感到兩月旅中的團聚，至是告終，我級同學的前途，就要聚少別多了！為五年的回憶，不禁惘然。

到姊姊家，姊姊無恙，盥洗進食。聽說品三還未離津，欣然約晤，她笑訝說，我們又瘦、又黑；哈哈！長日僕僕，不自知覺的耗心費力，自也不少阿！忙裡光陰容易過，不說旅行樂趣，也總算無聊生命中，一段消遣啊！瘦了，黑了，又何妨呢？

晚飯後，同出散步，可留戀的還有日本神社，夜涼人寂，暢談忘倦。歸寓不早，我和品三、俊英竟終宵不寐；直到鐘聲三下，促心隱等起，匆匆梳洗，到車站，離開車時，已祇有二十分，同學們還遲遲不到，這時一刻千金，急煞我等！幸未誤時，她們匆至，即登車；定神一看自己的衣服，竟忘了一件未換的衣裳，在姐姐家裡了！不禁啞然，自笑心急！車即開行，望窗外朦朧天色，才四點二十分鐘。

十五日／晴

一夜說笑，忘了倦乏；車上無事，可敵不住睡神了！睡醒以為可到，誰知慢車停之又停，總望不到豐台；又值括風天，兩岸無所見，祇有彌漫的沙土，不住的飛揚，直至當午，才歡天喜地望見窗外「豐台」兩字。車停正陽門，同學們都盼望有人相接，我卻先望見了！交好隨身行李，出站登車，別心隱，各自歸家。好容易車抵家門，從院外到屋裡，還有那麼遠咧！直奔內院，人沒到；聲音已從廊外呼進來了！雙親、弟、妹，正在午飯，雙親莞爾而笑，弟妹大喜；說正念著呢！訴不盡底話語，想起便說，沒頭緒的，屋裡就聽我的聲音；母親也說我變黑了。這時精神，好不清醒！飯後洗髮，瑜妹也自校帶歸我的行囊，要緊說話，要緊看客中帶來的物件，最後見的小弟弟，也放學回來了！兩月不見，高了許多，真是小孩子發展得快。談中，為他們述朝鮮情形在我印象很深，小弟弟也說：「我聽得難受！」。

離北京，返北京，兩月少五日的旅行告終，我的「旅行日記」也擱筆了！所得幾何？我不曾希望的；感想如何？我不願回想的！抄了一遍旅行日記，不能避免的回憶，把旅中實況，一一再見了！可喜的：明山秀水，已隔絕天涯，不能說何日重臨；所存留的：箱篋裡一些理不清、捨不下的影片、表冊；要永遠留作紀念，要時常引起深沉的印象：帝國的尊嚴，被征服人們的不幸，要何日重見光明呢！別後乍見的親友，有心無心的問訊，總要提起：「旅遊的感想如何？」。我口拙不願有言；這篇日記，就算是總報答罷！

一九二二，八，一二，一星追誌。

東京行

（一）

東京行，
決定了，祇熱烈的願望，
勇敢的衝動；
也曾想到臨歧的悵惘；
也曾想到前去的艱辛？

（二）

車行，正陽門遠了；
風前的楊柳依依，
可是默喻車上車下底離意？

（三）

車行，
正陽門遠了；
匆忙過眼的景物，
瞬息變幻了；
誰能說是心能逐物，
還是物能移情？

（四）

離情別緒，
惆悵了人們的心；
但自然底流露，
卻彼此得了同情的慰安。

（五）

別了，
雙親！
祇兩月的暫別，
卻何因臨行的叮嚀敦囑，
使我輾轉不能安！

（六）

努力！努力！
遙遙裡無限山明水秀，
等著去領略，
眼前的困苦艱難，
不正是成功的好回憶？

（七）

鐘聲嘀嗒
心聲脈脈，
雙親聽見嗎？
夜寂了，
我想歸去！

（八）

青青草色，
盈盈水光，
兀立水中心的石像，
祇這般尊嚴無語！

（九）

我不自知地喜歡了！
在她們眼光裡，
也顯出望外的歡迎喜意；
同氣相投呵！
祇這般不思議的！
同情心底擴張。

（十）

斜陽裡。
微風輕拂；
湖面漫唱底歌聲，
岸上狂呼底孩子；
祇碧水一樣的流動，
清風一樣的和悅；
便這樣陶醉了我的心；

（十一）

誠篤的信仰，
發出他們雄壯底歌聲；
這樣的捨身救世，

這樣的永遠如生；
潛然，肅然，
我也不禁悲哀哀快感了

（十二）

隨手玩著積水，
笑臉向著客人；
無所顧忌的小心，
是活潑潑的赤子之心呵！
真實！純潔！
誰又體會到？

（十三）

感激底心，
祇無言不說，
祇深深地愧歉著，
無以報答！

（十四）

暫住底旅舍
別了！
祇九日底暫住，
卻為何回頭看，
已不勝人去室空，
淒涼之感呢？

（十五）

聚散尋常事，
誰不能說？
但不期的相敘，
為什麼喜出望外？
預料的離別，
又為什麼相對黯然？

（十六）

憑欄看，
黑夜沉寂了；
何來的操令聲——
荷槍巡警蹀躞著，

無聊的呼喊，
勉自慰藉呵！

（十七）

青年人，
慎重罷！
燦爛光明的，
沉淪黑暗的，
祇一念之差呵！

（十八）

鑼聲響了，
碼頭遠了！

默默送行，
有那窗外微動底綠葉；
手帕遙揚，
「再見」頻呼，
何曾敵住雄風萬里，
直到渺茫之鄉？

（十九）

蒼茫無際！
何處是家？
何處是永住底家？
家在心靈裏不住地想見；
但永住底家呢？

終竟這樣蒼茫無際呵！
海神告訴我：
機會到了！
白浪滔滔，
波光萬頃；
這樣的浩大漂渺。
也許我們「生命之流」
永化在自然無限？

（二十）

前波未平，
後波又湧；
我戰慄的小心呵！

怎樣的悵悵徬徨，
對著廣漠無邊的大海！

（二十一）

無知底小孩呵！
艙面嬉戲著，
海水滔滔，他不知覺；
離恨淒淒；他不理會；
祇手裏爭搶著環兒。

（二十二）

理想底燈塔：
住著她——幽逸底時人——

我去看她，
她微笑著；
示我新成底詩句，
指我眼前底景物；
海鷗飛過，
夕陽在山，
我又與她暫別了！

（二十三）

艙外冥黑了，
艙內沉寂了；
澎湃的水聲，
軋軋的輪聲，

祇不停筆地靜寫家書，
體會了什麼是幽閒底快感，
又體會了什麼是旅中底慰藉。

（二十四）

鑼聲報到了
遠望底山林屋宇，
漸漸近到眼前來；
乘客歡天喜地說：
「到家了！」
我們卻一半喜歡，
一半惆悵——隔絕天涯底鄉國，
正渺茫不知何處了！

（二十五）

長沙丸，別了！
是小住，
能說不是永別？
感謝她風波險阻，
遠渡我們到目的地；
但遙隔兩岸底大海，
不是她，
又怎的動人離愁別緒呢？

（二十六）

身臨異地了！
燦爛底燈光，

何會不眩目爽神！
但幾語不同底口音，
幾眼驚訝的相視，
已禁不得我人地生疏了！

（二十七）

席地底生活，
頓起了六年前底回憶。
六年前底我，
跟著父親，
也有這同樣底感覺；
但六年過去了！
六年前底我，

可是現在底我？
父親知道嗎？

（二十八）

她們欣悅的真誠，
我能體會到；
但偶聚的狂喜，
正映出客況的無聊！
怎不使我惘然呢？

張君勱先生年譜

王世瑛遺稿（部份）

譜前

先世

張氏先世居江蘇嘉定縣之葛隆鎮自七世祖君衡公始遷寶山縣真茹鎮業鹽曾祖秋涯公行醫鎮上施藥濟貧鎮人稱之娶徐太夫人生四子次銘甫公為 祖父始登科甲入宦途以清道光丁酉科鄉試舉人歷署四川內江屏山墊江各縣知縣在川十餘年有政聲尤以滇邊屏邑平猓夷之役傳頌當時家傳所載公生平於學無所不窺醫卜星相亦皆精研尤邃於宋儒義理之學性剛毅立身行己以自克為主娶[illegible] 太夫人生子五季祖澤公字潤之即 父娶同邑明經史香公長女劉太夫人生子女十四

人存者男六女四　居二先是銘甫公倦於仕進退居田里挈祖澤公及之四伯父居於嘉定故　生於嘉定祖澤公遵銘甫公命傳曾祖業學醫於蘇州曹滄州之門既卒業先後設診所於滬翔爲名醫而　兄弟早歲衣食之需實賴診金所得爲支持蓋銘甫公宦囊所遺雖有鄉舍數椽薄田數十畝而子姓日繁迫　及諸弟先後求學於外之時祖澤公獨自移家南翔值經商挫敗景況蕭然幸劉太夫人籌劃有方猶能處之泰然於儉約之中不失詩禮家風而　兄弟益勵於學蓋得諸母教尤多此其家世大略也

清光緒十二年丙戌（公曆一八八六）先生生

先生名嘉森原名嘉佺行三見於族譜字君勱一字士林號立齋以是年十二月二十五日巳時生於江蘇嘉定縣之葛隆鎮時當洪楊亂後李鴻章興辦洋務之際亦即中法戰役孫中山主張革命之次年也

光緒十七年辛卯（公曆　）六歲

始讀書與四伯父諸兄弟同家塾先生兒時善讀亦善嬉戲背誦既畢每獨出心裁有軍師之稱嘗燃爆竹於便缸中群兒為笑樂又嘗戲操小舟失足溺水中家人聚飯始尋獲得救此兒時狀況僅能憶及者耳

光緒二十年（公曆　）九歲

孫中山先生創立興中會於檀香山

光緒二十一年（公曆一八九五）十歲

中日馬關和約訂立　孫中山以陸皓東舉義廣州失敗

光緒二十二年（公曆一八九六）十一歲

中俄密約訂立　孫中山由美赴英

光緒二十三年（公曆一八九七）十二歲

當中日甲午戰後海內騷然倡維新之說上海江南製造局廣方言館為李文忠所創立（創於同治二年）先生是年奉母命入館學習英文館中授漢文而注意於掌故輿地之學者首推袁希濤先生君自言對於政治制度之興趣袁先生實啟之又同時從沈信卿先生學為策論之文翌年戊戌政變政府通令各省逮捕康梁校門口高懸康梁照片尤為君兒時所注目而促其委

身國事之始端

光緒二十四年戊戌（公曆一八九八）十三歲

戊戌政變在校中但見到處懸掛康梁相片校中大事搜查其他不復記憶矣

英租威海衛

日劃福建勢力範圍

孫中山在香港辦中國報

五月授舉人梁啟超六品銜辦理譯書局事務

光緒二十五年（公曆一八九九）十四歲

中法條約租膠州灣定兩廣雲南勢力範圍

光緒二十六年（公曆一九〇〇）十五歲

義和團之亂

洪行新政設學堂

鄭士良史堅如起事無成

中山在南洋及美洲改組洪門會

光緒二十七年辛丑（公曆一九〇一）十六歲

和成賠款四萬五千萬（庚子）劃北京使館界毀大沽礮台

光緒二十八年壬寅（公曆一九〇二）十七歲

仍肄業館中值詔廢八股改試策論遂應試入縣學 是年應寶山縣鄉試經義策論中秀才

光緒二十九年癸卯（公曆一九〇三）十八歲

讀新民叢報梁任公祝震旦學院之前途一文（見新民叢報癸卯叢刊）院為馬相伯所創辦乃欣然嚮往投考入學所習主要科目為拉丁文馬公自任教授一月之內畢文法一冊而內容茫然不知所謂又以學費數鉅籌集不易（半年銀一百兩）半年之後無法繼續遂改入南京江南高等學校攻讀

光緒三十年甲辰（公曆一九〇四）十九歲

入南京高等學校甫一年俄佔東北三省地吾國外侮日亟國人積憤仇俄鈕永鍵乘時組織義勇軍倡義抗俄君列名參加學校當局認為革命行為立被退學於是國內求學時期結束生平對於政治之興趣已萌芽於此

是年值國中第一次考送日本留學生君在南京高校有選派希望益

以少年銳志躍躍欲試亟作書家中請求書長數千字反覆陳詞有不敢傷父母遺體之言而卒不獲准既退学無所之嗣得好友華龍號紫翔介紹去湖南胡子靖所辦之明德学校（設在長沙）任英文教課時年方十九以廣方言館所学者授人而座下受教者則為三四十歲人時黃克強亦執教該校得緣相識君在明德学校僅兩閱月又去澧州及常德兩中学前後一年有一学期

光緒三十一年乙巳（公曆一九〇五）二十歲

克強之華興會起事於長沙中山之中國同盟會組成於東京

是年冬学期終君自常德返嘉定篋中攜年餘薪俸銀錠十餘將以充留学之資由澧至公安道上舟行有戒心賴縣中警護衛得以

穩渡江行之夜君因留学資金在篋中輒以盜竊為懼夜不安枕警衛

亦覺之乃起立曰吾等為縣中所委派一心奉公請君勿憂君一生每以

此夜患得患失之心為大羞至今述之娓娓常德府朱其珍為熊秉

三内兄時熊主持常德中学君與朱家往還亦密

光緒三十二年丙午（公曆一九〇六）二十一歲

二月嘉定喜事

是年春留学得遂所願為寶山縣派送日本應入高師理化部而當時

君之志願在学習陸軍或政治意不在理化也然因急求出洋不得不姑

為承認爰於三月間自滬啟椗見潤之公蘊古齋日記送君滬濱領

得全年縣費易日鈔購船票更服裝去長髮同行者有七人焉既

抵日京席地而坐非所素習乃罄囊購置椅桌器用陳設一如國內暇時朋輩過從聚餐放談高論半年之後考入早稻田大學政治科預科理化既已不学縣費因之而停窮書生之筆墨生涯自是始矣此亦君離家庭與國內学校後實行獨立生活之肇始其隨心所欲遇事無吝色與豪爽好客殆於此時成其性習即瑛相處十餘年每以其好客為苦事也

梁任公於戊戌後亡命海外曾與中山謀合作終於意見不合分道揚鑣是時正自美返日發起政聞社君相見後即為其相從合作之一人嘗投稿於新民叢報及学報君四弟公權亦留学彼都慶應大学稿費所得供兩人学費旅費然常囊空如洗兄弟二人曾將整塊臉布首

一分為二繼又二分為四而用之終於破爛不堪而後已兩人既不同学每星期聚晤一次以六銅元之烤山芋為週末之大餐至今言之餘味嘖嘖公權刻苦勤勞尤在君上間嘗為節省十錢車費由小石川徒步上学每次歷兩小時之久云

君留日自述云「我自己同現代学術正式接觸，是在日本留学時。在日本曾進早稻田大学政治經濟科，初進時是預科，後來入大学部。當時的先生教政治學的是浮田和民，教國際法是中村進午，教憲法（或國法）是有賀長雄，教財政学是田中穗積，教經濟学是鹽澤昌貞。雖然在日本讀書，我的日本語文太不高明，僅僅能看書，說話或寫作都是困難。所以在早大時自己求智識的工具還是靠英語。當時日本学校所用参考書，大概都是英文本，除講堂講義是日文外，我自己所讀的是英文書。譬如政治学所用的参考書是威爾遜(Wilson)的國家論(The State)，柏基士(Burgess)的憲法(Constitutional Law)，經濟学是薩禮門(Seligman)的經濟原理(Principles of Economics)，國際法的参考書是奧本海(Oppenheim)的國際法(International Law)，財政学是巴斯特寶(Bastable)的財政学(Public Finance)。我日本語文雖不好，因為所用的是英文参考書，考試亦可用英文來寫論文，所以勉強就畢業了。在日本五六年，学校給我最深刻的印象，是浮田和民所教的政治哲学。政治哲学是選科，選者甚少，就是我一個人。讀的書是陸克的政府論(Two Treatieson on government)。上課時最初浮田先生站在講壇上，後來因為看書不方便，他同我兩人並肩而坐。這個人和藹可親，循循善誘，到現在我還想見他穿了和服和木屐的樣子。日本學校雖然讀英文參考書，但是教授所常常提起的，是德國著名學者如(Wagner)及(Schmoller)等的名姓；國際法上也常提起(Mayer)及(Laband)的名字，所以我在日本留學時，已引起我對於德國學問的羨慕心。我在早稻田大學也曾讀德文三年，德文經濟學，德文憲法也曾讀過些，在那時我已有意到德國留學。」(見宇宙旬刊第三卷第十一期)

是年清廷籌備立憲

中英藏印續約訂立

光緒三十三年丁未（公曆一九〇七）二十二歲

日本留學

光緒三十四年戊申（公曆一九〇八）二十三歲

繼續留日

宣統元年己酉（公曆一九〇九）二十四歲

繼續留日在校曾以英文聽講與某先生一度生氣

宣統二年庚戌（公曆一九一〇）二十五歲

畢業早稻田大學得政治學士學位回國應學部試值是期主試注重工科君之政治文憑只能以七十分與所試各科成績平均計算自

料難於擭選章考試成績各科均滿百分主試者特與優異將文憑分數增為七十五平均所得竟列優等翌年殿試得授翰林院庶吉士

則所謂洋翰林也

汪精衛刺攝政王

宣統三年辛亥（公曆一九一一）二十六歲

授翰林院庶吉士

黃花岡舉義失敗 三月

清政府宣布鐵路國有政策 四月

武昌起義（八月十九日 十月十日）

民軍陷南京 十一月

辛亥前後新潮澎湃　君殿試竣事後武昌起義君返上海任縣議會
議長並與公權發起神州大学與國民協會無何民國建立南北議和
內政未協外擾乘之俄蒙協約告成而蒙古獨立事起俄國先提
要求四項君乘間言之憑此四項與俄交涉而袁世凱置之不理及俄蒙
條約成袁氏始與交涉其意四項交涉求俄讓步不遂人將謂吾喪
權俄蒙條約共一二十項之多若得俄讓步數項則國人將謂為已盡
其折衝之能事時君聞袁氏用心既卑且毒如此乃與黃遠生藍志
先發刊少年中國肆其攻擊且數袁十大罪海上各報多有轉載
者

民國元年壬子(公曆一九一二)二十七歲

一月孫中山在南京就臨時總統

二月宣統退位中山辭職袁世凱繼任

三月公布臨時約法

七月俄日英三國密約

八月同盟會與統一共和黨合為國民黨

湯化龍組民社共和黨與之較密時任農商部秘書

蒙古獨立事起發刊少年中國數袁十大罪（見民元十二月上海報）其文曰：

「民國初成，基礎未固，吾黨同志，方期和平進行，漸臻完謐。不謂政府因循坐誤，一事不舉，內無整理之可觀；外啟强鄰之輕侮，俄人首先發難，於上月廿一日，已與蒙古活佛締結條約。（要領共分四項第一、助蒙古編練軍隊，以扶植其自主。第二，蒙古領土上惟俄人獨享特別利益。第三，蒙古訂約，惟俄之命是聽。第四，俄蒙自發生國交關係。夫以領土一部，而認為交涉主體，是削我領土主權。以少數叛徒，而認為政府，是違反國際公例。且約中所謂各部大臣，有所謂全權，有所謂蒙古主名稱為自主；實已形同國家，數百年統一之地，五大族生聚之區，安忍外人托維持之名，置之保護之下，禍胎所蘊，皆現政府之不識有以致之。庫倫獨立，起自去年，國內叛徒負固至一載之久，政府毫無辦法，授俄人以可乘之機。罪一。俄人要求五條，不自今始，政府以延宕不答為能，俄得藉自由行動。罪二，六國借款，為保全侵略兩派消長之機，政府不能利用，國本不定，啟俄人侵略之野心。罪三。桂太郎至俄，薩紫諾夫至英，日英俄三國密謀，已喧傳世界，政府束手待斃，一籌莫展。罪四。巴爾幹戰雲方起，俄將有事於東歐，政府不知察各國大勢，離合操縱，以至坐失事機，成此危局。罪五。俄派廓索維慈至庫，俄蒙勾結，路人共見，政府不知先事預防，至使叛徒自由交涉。罪六。上月二十日，路透電傳來，俄人承認外蒙獨立，外交當局，毫無感覺，麻木不仁，鑄此大錯。罪七。俄人要求橫暴至極，得之自我共得之於蒙，利害相去判若天淵，政府并此不知，遑論防患機先。罪八。春夏之交，為征蒙最宜之候，方針不定，蹉跎至今，戰事豈能幸免，棘手較前萬倍。罪九。外交均勢，一髮全身，俄人發難於先，列國繼起於後之一隅之地，牽動東亞全局，一旦實行瓜分，政府何以自贖？罪十。凡此十大罪，皆政府一誤再誤之明證，決非吾黨周內之詞。考其大因，尤在當局者但知顧全權勢，不為國家謀根本之解決，夫政策之行，政府應自有主觀，乃朝遭反對，夕即變更，凡關己地位稍有妨礙，雖犧牲政策，在所不顧。一若國家可亡，而吾地位不可不保，吾黨以為推此心理，非至亡國不止，用特將政府罪狀宣布天下，望全國民急起直追，自負責任，逕行詰問政府誤國之罪，并決定全國大政，以一致之精神，為對外之計畫，庶足以振民氣而救危亡。同人等更有進者，共和國之精神，以國民自強為原則。蒙古若亡，內蒙滿藏隨之而去，我國雖大，能有多少蒙古？能有多少藏滿？生死存亡，間不容髮，惟我愛國同胞急起圖之乎！」

袁氏方興未艾之野心經此打擊有所難堪乃圖禁報流通又同時注意君之行動於是民國政治史上黑幕之開始亦即君初期政治活動之遭遇挫折也終於接受善意勸告作德國之遊

民國二年癸丑（公曆一九一三）二十八歲

一月首途赴德經俄都小住兩月 住俄使館

三月抵德入柏林大学仍学政治該校以早稲田學士資格按章聽講一年即可提出論文應博士試乃值歐戰爆發（一九一四）置身其間不能無動乃移其学業之興趣致致於戰事焉君自述稱：

「一九一三年春動身，到柏林留学，途中在俄國住了二三月之久。初到德國，自以為在日本所讀三年德文，或有多少用處，那知道話一句不懂，看書程度亦很有限。後來自己拚命用功，才可勉强聽講。在柏林大学所選的課，都是在日本所聽見的大教授，如 Wagner 的財政学，Schmoller 的經濟学，List 的國際法，同時還聽民法刑法等。德國大学有一種風氣，名叫大学自由，就是選科聽講，完全憑自己意思，学校沒有排好的課程表。當時我自己在学問上正是求智識的時候，那能知道何者先讀，何者後讀，何課與何課有關，何課與何課無關，自己茫無頭緒。学校有此自由給学生，而我自己不知道運用，這是最苦的一件事。在清末至民國初年，國內外智識界對於学問有一種風氣：求学問是為改良政治，是為救國，所以求學問不是以學問為終身之業，乃是所以達救國之目的。我在日本及在德國學校內讀書，都逃不出這種風氣。在德讀書約有二三年，在自己無多大心得。如Schmoller的經濟學，屬於歷史派，何謂歷史派，自己並不清楚。Wagner的經濟學是以演繹為方法，何謂演繹法亦弄不清楚。兩學派何以不同，亦並不加以研究。雖兩三年中讀書甚勤，但始終站在學問之外，學問與自己并未打成一片。」見宇宙旬刊第三卷，第十一期。

宋教仁被刺

四月正式國會成立

善後大借款
六月二次革命
十月黎袁任正副總統
中日滿蒙五路約成
十一月國民黨被解散
中俄協約簽訂
民國三年甲寅（公曆一九一四）二十九歲
一月停止國會議員職務解散省議會廢止元年約法
二月成立約法會議選舉議員修正臨時約法
五月臨時約法施行廢國務院於總統府設政事堂

七月中山改組國民黨為中華革命黨

世界大戰起

八月日本佔青島侵濟南

是年繼續在柏林大學歐戰起後對戰事發生興趣每於壁上一紙地圖按戰綫之出入為標記以探討其勝負之數居停夫人見而異之竟疑為某國之間諜某日因出言不慎斷定德國必敗更觸怒其愛國心立電巡警監視行動而禁出入按之法律非得本人許可巡警不能入屋搜查君以失却自由乃動議要求檢查無證可尋始告無事君之興趣對於國外之歐戰猶且如此其於本國政治之關心更可知矣猶憶一九三〇年同旅耶納值

德國會選舉君日夕探望揭曉至於寢食無心最後一日恰遇星期不及待送報之來特長途自入市中購求揭曉選舉結果之報其熱心情形與此正復相類蓋性情使然初不為自身之得失利害也君留歐自述云：

「一九一四年秋，歐洲開戰，我的心緒轉而研究各國戰事的勝敗前途如何，至於經濟學，國際法等已不能使我發生興趣了！因為書本上的政治學到底沒有現實生活中政治有趣味。我在歐戰之初，目擊德國動員，領過麵包票，也曾到過比利時戰場去參觀。……」見宇宙旬刊

民國四年乙卯（公曆一九一五）三十歲

一月日本提出二十一條件

五月廿一條簽字

八月六君子設籌安會後改稱憲政協進會

九月正式開會請願變更國體並召集國民大會表決

十二月袁世凱承認稱帝蔡鍔戴戡及梁啟超密謀反抗乘隙由京入滇說唐繼堯起義通電各省宣告獨立

是年秋自德如法並赴比國西戰場觀戰十月抵英鑒於歐戰正酣袁世凱忽籌備帝制國本問題不遑坐視爰在倫敦作文攻擊（文見倫敦導報 Daily Chronicle 北京導報曾轉載主筆陳友仁且以是受嫌此文惜竟無可考）袁氏知之囑使館注意謂如不慎將禁錮之如

孫文在倫敦之所遭遇嗣幸蔡鍔起義西南獨立君得訊倉卒返國。留歐自述云：

「一九一五年秋，正是國內籌安會成立，我在海外聞之，憤憤不平，想幫同國內友人打倒袁世凱，所以就在那年秋天離開德國，經荷蘭到倫敦去。這時候北海裏埋了水雷，潛水艇到處出沒，很是危險；但我為好奇心所驅使，也不管那麼多了。到了英國，曾到議會去參觀。那時，英國强制兵役法尚未通過，常看見沿街招兵的廣告，與德國人之以當兵為榮者，大不相同。我到了十餘年來所羨慕的英國巴力門裡邊，看見勞合喬治Lloyd George 在議會裡把雙腳放在中間

的一張長桌上，我心中好奇怪，以為英國莊嚴議會中，何以
大政治家的行動如此隨便。後來知道英國議會不像大陸
各國議會注重雄辯，英國議會好像我們鄉下紳士聚在
茶館中討論問題一樣，是大家聚在一起，求事情之解決
，并不是逞口辯的，這是英國議會所以能有成功。……
……」見宇宙旬刊
民國五年丙辰（公曆一九一六）三十一歲
三月袁世凱通電撤銷帝制廢止洪憲年號
六月袁死黎繼為總統
八月召集舊國會恢復元年約法段祺瑞為國務總理馮國璋

為副總統
是年三月聞袁氏取消帝制自英回國四月到杭任交涉署署長
參與浙省獨立事（各省因約法及國會未恢復要求袁氏退位一面積
極進行討袁軍事先後獨立由廣東浙江先後獨立由滇黔粵桂
浙五省在肇慶組織軍務院公推唐繼堯岑春煊為正副軍長
遙戴黎為合法總統川督陳宧湘督湯薌銘先後響應袁乃羞
忿死）袁死辭職
君之自英返國也初避戰地危險擬繞道非洲嗣以時日迂緩，
急不及待決冒險從西伯利亞行船票已購無可退換囊中餘資
重購車票所存有限沿途經行腦威各國又復恣意遊覽最後

抵達莫司科途上以十三銅元維持七日之費用僅麵包白開水充飢渴耳自俄回國旅費則貸自友人〔表兄劉[illegible]〕焉此足以見其意志之堅强與其精力之過人視天下無難事心之所向期在必成自身冒險固所不計然以此强人所難則迂濶獨斷之譏所不能免矣君又述及戰後再渡歐洲某日以任公之召急須由法去英但離英之日值星期侵晨工人停工車馬不至行囊待發無為負載乃獨自挈持三箱箧先持小箱數步復返而推大箱如是往復卒抵達車站距開車時刻一間耳

自述云：

「一九一六年我從英國經過瑞典，挪威，俄國回到中國，曾幫

助朋友反對洪憲帝制，這是我參加國內實際政治工作的第一次。見宇宙旬刊

十一月既辭浙江交涉署事乃在滬任時事新報編輯當一九一六之冬（歐戰中）德國必敗之勢已顯乃主張對德宣戰作文響應辛博生參戰之提議（見民五，十二月份時事新報）而黎總統與其他元老堅執已見且信德國不可侮君乃走南北往返陳說對德絕交之策卒確立於是國際政務評議會成為檢討和戰之機關君任書記長（實主持之）

民國六年丁巳（公曆一九一七）三十二歲

二月德在大戰中施行無限制潛艇政策

三月美國聯合我國對德絶交
四月段祺瑞主張参戰開督軍團會議威脅總統解散國會
五月黎免段職各督軍倪嗣冲等先後宣告脱離中央
六月黎調張勲帶兵入京調停到津仍請解散國會張直入北京倪
等取消獨立
七月一日張勲與康有為秘商赶走黎元洪入清宮奏復辟為宣統九
年五月。三日各省通電反對黎走日使館密令段祺瑞為國務總理
兼討逆總司令十二日亂平張敗走段入京仍以功自任總理並迎接馮
國璋為代理大總統召集非法之臨時參議院通過参戰案
八月對德宣戰

孫中山因國會及約法未恢復聯合海軍司令程壁光等迎國會議員
南下開非常會議於廣州制定中華民國軍政府組織大綱被奉為
海陸軍大元帥於是因法統問題南北對立
段派兵南下
十月王范通電停戰（時北洋派軍人皖系段主戰直系馮主戰）
十一月臨時參議院開會式王揖唐為議長
是年對德宣戰既定君力主出兵為先務之急惜內政不定對外問
題受其挾制眼看美國出兵而吾國瞠乎其後在歐戰結束之時
吾國所謂參戰僅以華工充數乃至和會席上有應得之權利
亦無法爭取時國內正當張勳復辟之後馮國璋代理總統孫中山

力爭法統設立軍政府於廣州因造成南北分裂之局
君任國際政務評議會書記長時所以應付宣戰後之德國者為撤銷領事裁判權為租借地及租界之消滅為關稅獨立自主爾時君日隨任公先生與各國在華公使作初步之接洽今所存案牘尚盈篋中孰料二次大戰重臨之日吾中華民族猶屈居於不平等條約之下如廿年來所忍受耶（見君日記當日所集材料 王亮疇曾勸編中德宣戰時國際法自謂懷此志已久特尚未動筆耳）
段祺瑞馬廠誓師君實隨任公參預其事（置身政界閱時半載時任總統府秘書）目覩北洋派元老之不足有為乃轉而就北京大學教授於其戊午日記自序（預作）中可見當時感想其辭曰：

「歲云闌矣問此一年來所為何事則茫然不知所以蓋自來救國者未有不先治己方今海宇鼎沸已同瓦解求所以下手之方而不可得惟有先盡其在我此治己之謂也明年所定方針約舉其重要者有四：

第一、學書寫聖教序

第二、讀漢書每日二十頁

第三、習法文

第四、編大學國際法講義

平生所志往往以牽於外務行之數日又復舍此他求故標明於此以自儆戒而已」

益君所學既為政治興趣所在感應甚速有不能自已於言動者故遇事變之來每自謂責無旁貸持之愈堅而事與願違反之初衷有非然者其自述「平生所志往往牽於外務又復舍此他求」實有自知之明惟其對於政治行動然也以國內之政治環境欲實現其理想中之政治是知其不可而強為之十餘年來反對黨治努力不懈舍其平生所愛好之潛研默想之哲學而從事於政見之奔走呼號夙夜深思每惆悵不置也！

民國七年戊午（公曆一九一八）三十三歲

段氏因戰失敗辭國務總理王士珍代、湯化龍梁任公均辭職

一月馮氏出巡主和無成南北戰事又起

三月曹錕等施總攻擊

時段籌備對德宣戰因馮主和無成王辭職段復任

五月南方組織將軍政府舉孫中山等為總裁　十月通電代行職權

九月歐戰終

十月馮任滿新選兩院議員徐世昌任總統

是年繼續秘書徐時為顧問

預定日課見戊午日記（自七年一月一日至三月十四日斷續記）茲錄數節如左：

一月二日——與季常談問二事。一、目前時局有何方法解決？答：聽其自相殘殺，以期有水落石出之一日而已。二、吾儕自處何如？各人或營商，或著書立說，或以官謀生。總之，商量不到國家大計。

二月八日——同仲仁赴秉三處，聞張敬堯要求湖北軍務會辦事，如此要求無饜，皆為個人權位之私而已。所謂主戰者安在？總之，北洋派滅亡之日不遠矣。

二月九日——在任公處，石青亦在晚飯。略告以近日政局。總之，北洋派人人爭權奪利，一無可為而已，主戰者不戰，為權利而已；主和者不和，亦為權利而已。

此為民七南北政局分裂之後，君曾隨馮氏自京南下，主和無成；時局混亂，中心失望。其所記自處之大方針，數十年來，可謂不變。環境關係「以官謀生或營商」云云，固談不到，即著書立說，亦受幾許折磨，乃至立說無處可立，而亡命國外作客教授。「著書則所譯述賴司基政治典範一書，更名始得出版。記中所見是時生活，可錄一段：

二月二日——八時起譯書，至十時習法文；至一時半午飯。即騎馬至八大處，鍾弟同行，五時到。伯純已在繞靈光寺一周。下山晚飯。八時，睡。騎馬所以習勞，山居所以養靜，視日居城市應酬喧嘩者，相去何可道里計哉？

此在瑛心目中，每日作課有定時與所以習勞養靜者，至今猶然。

居常手不釋卷，以靜獨伏案為自得。每見其終日賓客紛集，政談不休，及至客去，舌焦唇乾；誤其定課，則懊喪不已！蓋其不能棄絕於政治，乃事實環境使然；責任心使然，猶前段自述中所謂「學以救國」之始念有以致之。當其對客談論，滔滔不絕，實無異於講台上之宣講，而不記事實之何若也。

政界生活，雖見其不耐，然應酬場中，又不能不周旋。任公在天津時，曾相與為竹園之戲；並出示所習字帖。

是時（一至四月間）過從較密者，有湯濟武劉士熙唐士行袁文藪徐佛蘇志先志清仲仁厚生伯棠秋水諸人。

論財政當局，曾與潮初對任公事歎息久之！曰：吾儕應受之氣，尚不止此。

一月二十六日隨馮氏南下，抵蚌埠。

十月有日本之遊。歸國後，作書總統；言應付歐洲議和會方針。

先是在日忽傳歐洲停戰消息，乃決意重作歐遊，察看戰後情形。同時，梁任公與一行友人，亦在滬整裝待發；促君歸國，遂結伴同行。於一九一八年除夕自滬首途，作第二次歐遊，而生平初期之政治活動，於茲結束。

關於和會，爲關稅及領事裁判權問題，曾同梁任公與各國公使談判。

十二月同梁任公赴歐。

是年兼在北京大学教書。

與百里發起松社。

移眷北京。（見日記）曾與權弟談中國家庭，廢然久之！

民國八年己未（公曆一九一九）三十四歲

一月巴黎和會開幕

二月至八月南北議和無成

五月五四運動

六月我出席和會代表拒绝對德和約

九月孫中山改中華革命黨為中國國民黨

是年一月抵歐，住法京，出席國際聯盟同志會。在法留学。

抵歐之日，正巴黎和會開幕。與梁任公等以私人資格對於五個全權代表貢獻意見，希望為中國爭回多少利權。六月我代表因青島問題，拒簽對德和約之後，君等即離巴黎，遊覽歐洲戰場；從比利時之北至法國之南，炮火創痕，觸目可數。同時，考察歐陸戰後政治之新趨勢，值俄德革命之後，兩國之新憲法，皆君當時所迻譯而首見於國內雜誌。如「蘇維埃」三字，至今習用，君實創譯之。以國內政治之黑暗，亟求更新改造之道於他邦，乃君當時之渴思也。

在巴黎和會席上，以君對於政治之熱心，所得印象就國際言；強權終勝於公理，故弱國無外交。至於內政，則整個社會問題之所繫，人民程度不及，終難望以改良政治，於是政治根本問題之所繫。對於其向平政治救國之抱負，不能無懷疑，而有所謂「從社會科學跳到哲學」之一階段。其自述經過如下：

「一九一八年同梁任公去歐洲觀察和會……等到青島問題解決，梁任公離巴黎到各國遊歷。我們從德國南方名都敏興到柏林道上，他忽然想起當時在遠東有名的歐洲哲學家二人，一為法之柏格森，二為德之倭伊鏗。他說何妨去訪倭伊鏗一下，第一次同倭氏見面，這位哲學家誠懇的態度，大大使我發生研究他的哲學的興趣。倭氏替任公做了一篇文章，名曰：新惟心主義與舊惟心主義之異同。一見之下，慨然對於萬里陌路之人，允許這種工作，其殷勤之意，尤為難得！

十月始為解放與改造月刊作文，題為英國之將來。一卷，四期。

十一月撰英國政黨現狀及將來。見解放與改造一卷，五期。

十二月輯譯俄羅斯蘇維埃聯邦共和國憲法全文。見同上，六期。

民國九年庚申（公曆一九二〇）三十五歲

七月直皖戰爭起（吳、曹、張、李與段、徐）直勝安福系敗俱樂部解散曹、吳、張各為巡閱使欲召集國民大會無成

十月南總裁政府解體

是年在德，從倭伊鏗研究哲學。其自述經過云：

「……一九二〇年任公返國。我遂移居耶納，從倭氏攻哲學；並讀哲学史與其他有關哲學之書。這次見面，可以說是我從社會科

學轉到哲學的一個大關鍵。

但是與倭氏見面，是一個直接觸動。平日尚伏有種種暗潮在我下意識之中，分兩點來說：(甲)事實方面的兩個刺戟，使我不滿意於國內外的現狀。(乙)理論方面的刺戟，使我不滿意於社會科學而轉到哲學。

所謂事實方面的兩個刺戟，第一就是民國成立以後的國內政治。我曾經目擊元年的國會選舉，初選複選；都以賄成選民如此議員……」

此為君自述從政治轉向於哲學之心理過程。意向既定，怡然自得！讀其與寀平先生通訊，獨遊靈府之樂，猶躍然紙上，令人神往也。

二月德國革命論脫稿。見解放與改造第二卷，三，四期。（此文草於一九一九年十一月德國革命紀念日）

八月撰德國新共和憲法評。見同上，第九，十一，十二期。

九月成讀『六星期之俄國』一文。見[redacted]改造第三卷，第一，二期。

十一月草德國工務會議法之成立及其施行情況於巴黎。此文於一九二一年五月刊入改造三卷，九期。

十二月與寧平通訊，有斷念吾第二生命之政治已略決定之語，此第一次願舍政治而建設學問國之宣言也。

民國十年辛酉（公曆一九二一）三十六歲

五月中山任大總統於粵，陳炯明李烈鈞為護法政府

十一月華盛頓會議開幕，我國派施肇基等為出席和會全權代表

是年在巴黎。八月赴德，約杜里舒東遊。十二月回國。

二月有文見改造，題為政治活動果足以救中國耶　對於國內政黨魂史，暢乎言之，而定今後報國之道曰一心併力於政治社會教育；而期收效於十年百年之後。此政治大學之動機乎？　三卷，六期。

三月倭爾鏗精神生活哲学大概一文，在改造發表。此文為巴黎同学倭週講談之第一次講稿，末段之言，殆亦即其個人之人生哲学——精神生活之奮鬥。　三卷，七期。

六月德國工務會議法律譯之，在改造發表。三卷，十期。

七月社會所有之意義及德國煤鑛社會所有法草案，在改造發表。三卷，十一期。

八月自法如德，約杜里舒東遊。

法國哲學家柏格森談話記在改造發表，三卷，十二期。(蔡元培著五十年來中國之哲學，曾徵引之。)

九月撰歐戰後世界外交大勢及中國之方針。見改造第四卷，第一期。

十月撰國民政治品格之提高一文，標四義而謂政黨者，蓋輔智識教育之不足，而視之為政治教育機關。末段更見所以身體力行之言行一致，所以自負者，曾滌生之言，風俗厚薄，視乎一二人心之所嚮而已。見改造四

十一月有懸擬之社會改造同志會意見書，實為組黨之雛形。內分三點：一、民主政治。二、社會主義。三、進行方法：以意力共行為為促進之動力。證以詹姆之言，明知其難而為之者，……為道德的行為。又柏格森生之外道德的人，是為至高度之創造者。曰：世界改造

之大動力，厥在道德精神耳。文藝改造四卷，三期，

十二月啟程回國。計此次歐遊，自八年一月至十年十二月，前後共三年。旅法旅德，時期各半。

民國十一年壬戌（公曆一九二二）三十七歲

二月華盛頓會議閉幕中日魯案解決

四月奉直兩軍因直吳（佩孚）反對梁士詒內閣（奉張欲藉梁財政上的潛勢力）開戰奉敗東三省獨立為奉直第一次戰

六月吳欲統一南方聯陳炯明叛孫中山又以孫傳芳電主張恢復舊國會於是徐世昌去職黎元洪復任總統

八月舊國會重開孫中山由粵到滬南北除東三省外統一

十二月教育部頒新學制

是年一月歸國抵滬住松社

君於十年冬自歐返國。溯自民八五四運動之後，國內思潮，波濤洶湧，學風稱盛！美之杜威，英之羅素，皆於斯時先後來華講學。君之言歸，亦應梁任公等約，自巴黎赴德，邀杜里舒東來。原聘是時聞名國內之德哲學家倭爾鏗，因年老不能應聘遠遊，乃介杜氏以自代也。十一年元月抵國，住上海松社。隨同杜里舒編譯講稿之餘，辦中國公學。（曾有杜里舒講演錄出版。辦學事詳致？晉卿先生函）

學術方法上之管見一文，在改造發表。四卷，五期。

三月參加吳淞商埠局籌備市政。

作英德美三國市制及廣州市制上之觀察 見改造四卷，七期。

與章太炎為上海國是會議起草憲法，著國憲議。至今論國憲者，以是為嚆矢。

撰德國民主政象記。

五月六日得吳淞商埠局公函，推為市政籌備處副主任。

冬同杜里舒在南京東南大學演講。又同往漢口遊歷。

民國十二年癸亥（公曆一九二三）三十八歲

二月中山由滬返廣東任大元帥滇桂軍平定陳炯明曹錕進行賄選

六月黎元洪被迫去職組織攝政內閣勾結眾議院院長吳景濂

十月吳景濂的憲法頒布曹錕當選大總統直系自毀勢力及議員人格法統又起問題

是年上半年，與杜里舒在北京大學講演，又赴濟南開封遊歷。

是年初，繼續為杜里舒編譯講稿，經北京、開封、濟南各地，有杜里舒講演錄出版。

二月十四日在清華大學講演人生觀，引起玄學與科學論戰。

人生觀一文，係在北京時應清華大學講演之講稿也。晨報副刊既刊登此文，丁在君讀之不以為然，先之以舌戰；繼之為文相攻訐。於是軒然巨浪！人生觀之論戰起；往復辯難，參加者二三十人。蓋以人生觀所關係之科學與哲學，在歐洲為數百年之爭論，吾國乃於此時新開始之。辯論兩造，節外生枝；固未必針鋒相對，然可見當日思想界之一斑與君思想之立場。距今且廿年矣！君又有人生觀論戰之回顧一文縷述之，（見民族復興之學術基礎）亦以見其個人對於人生觀之態度焉！
五月十九日成我心理上國會之死刑宣告
對於財政會議之抗議
（二十四日自平南下辦學院）
主張設立國民委員會以解決時局。曾致書張季直（當在六月以後十月之前），茲錄如次：
「在申匆匆晤教，相隔不過一月，而政象大變矣。方今言解決時局者，約有四說：一曰黃陂復職；二曰舉曹錕為非常總統；三曰採行政委員會，而吳佩孚為之長；四則報紙所傳以孫為正而曹為副。此四者，森以為舉不足以解決時局者也。復職在約

亡室王夫人告窆述略

張君勱

曹植之賦曰：入空室而獨倚，對床幃而切嘆，人亡而物在，心何忍而復觀。此正我于役美洲，聞夫人與世長辭，傷心慘絕之感想也。

自結褵以來，相處二十年，實為世界政潮洶湧之會，為民主反民主鬥爭之時期。我以渺渺之身，不自量力，每思所以左右之，困心衡慮之。乃變故疊起，夫人亦緣是出入艱難困頓之中，而憂傷憔悴以死矣！

我與夫人，始相識於北平籌備印度詩人泰戈爾招待會席上。民國十四年，我迎之於福州，且行婚禮。及國民革命軍北伐，由粵而鄂而滬，我以深信民主政治之故，創辦「新路」雜誌，抨擊政府之專制。不及一二月，遭綁票之厄，綁匪每日以電話恐嚇，謂不速以款來贖，將割耳送至門上。某日虎兒輩以繩入郵箱之後，樓上望之，疑為割耳已至，夫人雖疑其或然，而外表泰然處之，不露驚惶之色。匪以延擱日久，出其最後之恫嚇曰，倘再不理，將斷頭，棄之大西路旁。我亦以久處匪窟中為苦，乃指天誓日以告匪曰，倘我素有積貯，不與君等共之者，則我一家三兒，定遭天殃，自絕人世。匪聞而感動，贈以六十圓而獲釋，此夫人所歷之患難一。

我出匪窟後，深感生命安全之不保，乃逃至海外。德國耶納大學教授，先師倭伊鏗薦之校中，教授中國哲學一年。旋燕京大學電邀，乃返國中，又因一篇關於十九路軍在滬作戰之演說，為燕京所擯。繼而國家社會黨成立，有安南滇桂之遊。適日人適要求華北自治，飛機翱空，而已屆大女艾兒臨盆之期。夫人躑躅道中，自尋產科醫院而不可得。事後言之，為之心悸。此事自與綁案殊科，其為生命中之險事則一，此夫人所歷之患難二。

「八一三」戰起之先，我應廬山談話會之約，居山月餘，及十三日離潯東下，則江陰封鎖，京滬間僅賴汽車交通，然敵機出沒，難於返滬。三年之間，夫人一人居滬所寓兆豐別墅，敵彈時至，夫人率五兒，尋求避地之所，六人共一斗室，褥舖早捲夜舒，又不忘為諸兒延師教讀。時我由寧而漢而蜀，隨政府西移，其間俯育之艱，一身任之，雖處兵荒馬亂之中，但誦「何日平胡虜，良人罷遠征」之句，而絕無怨忿之聲，此夫人所歷之患難三。

民二十七年後，我創辦民族文化書院於大理，校舍方成，以為或可暫得安息，夫人由滬飛滇，我迎之於楚雄。時參政會開會，我即去渝。太平洋戰爭爆發，港渝間飛機載狗一案，引致西南聯大學潮，政府以主使之罪，歸之於我，書院即奉令解散，且不許我還滇，乃由夫人為之結束院事，而我移居重慶之汪山，受緹騎偵視者兩載之久，此夫人所歷之患難四。

此四事之由來，不外一語，曰我之好談政治，令夫人魂夢之中，無一日安閒清靜是已。移居汪山後，豹兒病盲腸，誤於醫藥以致夭折。我兩人常有喪明之痛，常祈求再生一孩，彌此缺陷。卅三年之冬，我去參加太平洋學會，繼又出席舊金山聯合國會議。翌年三月，夫人臨產，竟以心血虧耗，不獲而與我永訣而逝矣！

嗚呼！行行重行行，與君生別離，相去萬餘里，各在天一涯，道路阻且長，會面安可知。何期古人之言，若預為我留此寫照在耶？夫人性行之粹美，自有本諸家庭懿訓者在。夫人為閩縣王公可莊之孫女，彥和外舅之長女也。彥和外舅，佐陳弢庵先生提倡教育於鄉里，夫人自幼即入小學，繼入師範學校，與同學冰心女士友善。既畢業隨彥和外舅遊於臺灣。民國六年，考入北京女子高等師範，與同學黃廬隱、陳定秀、程雋英號稱四君子。及畢業，遊於日本，所作遊記，載北京晨報，一時傳誦。彥和外舅，長閩教育之日，夫人返鄉，主持附屬小學，小朋友咸敬愛之。遊閩之際，目擊學童數十，見夫人之來，即蜂湧而前，高呼王先生者不止，蓋夫人之愛兒童薰陶，出自天性，非尋常教師運用教授法者，能與之同日語也。民國十三年，夫人率福建女生視察我蘇教育，我與之相識益深切。夫人雖參加五四運動，習聞婚姻自由之說，然我執其手求婚之日，夫人之羞澀，不能出口，至今在我心目之中。孰知遲我生十三年之夫人，竟撒手以去！令我煢煢獨處，我其何能無蠟盡淚乾之痛乎？

夫人之於我，非徒夫婦，實誼兼朋友。我所寫文稿，夫人先閱讀，為之點竄文字。故《政治典範》一書之前，我有標識之語：「謹以此書獻於釋因女士」，所以誌夫人校稿之勞也。二十年來，夫人對我之政治活動，心知其出於國之不能自已，然以為消耗精神於無用之地，勸我捨政治，專心致力於文化。雖心感其言，然人民之憔悴慘痛，令我甘入地獄中，受盡人世之謗譭窘辱，惟不敢自逸之一念，實有以致之而已。然今年逾六十矣，與夫人地下長眠之期不遠矣，當以餘年教督瀏、超、艾、滿四孩，敦品勵行，學有專長，盡其為公民之職責。夫人其瞑目地下，勿以兒輩為念。

夫人生前雖習聞女子社交與女子職業之說，而堅持女子責任在家庭之大義。友人潘光旦嘗引為同調，其不隨流俗而自有主張者如是。抗戰既起，夫人集我一生事蹟，為我作傳記，擬即刊行，以公於世。抑吾聞女子之性有外美、內美之別，長應肆，工酬酢，或善理財，此才之顯於外者。教育子女，厚待親友，所欲言者訥訥不出諸口，而慈祥之氣睟面盎背，此德之蓄於內在。夫人之性格，真屈子所謂內美之遺也。我之不與夫人偕老，命實為之，復何言哉？夫人靈柩，已由重慶抵滬，將於國曆十二月二十九日，安葬真茹鄉橫塘先人壙上。特述夫人行誼之大者，以告　親友。　尚祈　衿鑒。

記憶中的母親

張筱艾

媽媽過世是六十多年以前的事，我記得什麼？很難忘記的是我和妹妹都在重慶汪山由上海中西小學的老師及校友辦的幼幼小學就讀，就在我畢業前夕，爸爸的學生也是我們的監護人，他來學校通知我們準備下山去看媽媽，到了醫院，姨母與舅媽又叫我們等一下，從她們的臉部表情，可看出有難以啟口的事要告訴我們，再等了好一會兒，才說媽媽已走了，也沒有帶我們去看她最後的一面！我竟沒有放聲大哭，原因是媽媽為了有心臟病，被婦產科醫師要求下山，住在靠近醫院的居所，療養已近半年。對沒有母親在旁照顧的日子，已很習慣了，因此沒有馬上感到沉重的失落；何況我已進入青少年期，更在乎的是同儕對我的看法呢？我心中想的是「我是一沒有母親的人了，我跟別人不一樣」，我的悲哀更與此有關！

從此以後，妹妹和我如不是住在沒有女主人管家的家過生活，就是住校。我們的性格沒有嬌柔的一面，但是我們的價值觀，至少我個人的，回想起來卻深受母親的影響：不談金錢，不談裝扮，不與別人比較，更不為了表現自己，多談別人的三長兩短！

我目前從事的心靈輔導與培訓工作，使我經常有機會聆聽別人的成長故事，親子互動所造成的傷害及難以糾正的性格扭曲。讓我問自己為什麼在我受傷以後，都能自己站起來，面對現實，再向前闖出自己要走的一條路？為什麼我能要求自己理性的思考，而不受情感的牽絆呢？為什麼有那麼多人，學問一流、著作等身，卻在家庭的關係中，始終無法有更好的溝通，甚至對子女造成終身的傷害？實際上，我可以一直問下去，而不同專業的人，可以有不同的回答。但是追根究底，我認為多少與母親在我十二歲前的關係有密切的關連，這就是我決心在本書編者蔡登山先生邀請之後，拿起這枝久已不寫作的筆，寫下我記憶中的母親的原因。

年紀越大，臨床輔導的經驗愈多，我就愈意識到母親她臨走前所給我十一年短短的時光中，給我打下的基礎有多重要！與我後來所接觸到過的母親，聽到過的母親，看到過的母親相比，她有多麼不一樣！當我在一九九二年間，訪問當年母親的好友「四君子」之一的程俊英時，她告訴我她對先母婚後放棄寫作，成為全職的賢妻良母（一段時間仍照顧外公外婆），甚不以為然。當時，我還不太瞭解她覺得遺憾的是什麼？當蔡先生給我看了母親諸多作品後，我才恍然大悟。原來先母是犧牲了她個人所喜好的，投入為人妻、為人母該盡的職責！即使曾在「五四」運動期間，走上街頭，搖旗吶喊「打倒日本帝國主義」的她，仍能依照儒家傳統思維，以修身、齊家，再治國的秩序，退回家中照顧兒女，這該是多大的自我犧牲啊！

冰心的悼文中所描繪的「世瑛」，並不是我記憶中的母親。張家的親戚，尤其是姑奶奶們，會嘲笑母親在要宴客招待他們前的緊張，當時汗流夾背的面部表情。因為母親的教育背景，成長中的人文氣質，都與先父的弟妹，迴然有別，談話就有困難，更不用說溝通了！

在上海的媽媽與外祖父母及好幾位姨母同住，她們是有說有笑的，愛繪畫、愛聊天。一九四〇年，她帶了三哥和我，去雲南大理民族文化書院與先父同住，她是唯一的女性智識份子，也許就是因為孤單，她俱然有時間寫了《花木蘭》的劇本，讓我在書院的眾人前演出，那時我才八歲，但印象卻很深刻。接著由於西南聯大的學潮，先父被疑為兇手之一，文化書院被封。第二次世界大戰爆發後，母親又帶著我們搬遷至重慶。父親被軟禁於汪山，外出都有人跟蹤，那時記憶中的母親，參與汪山私立小學的創辦，我學校的成績向來不是她勞神的對象，而是指導那幾位住得近而智力較差的孩子！那所小學名「幼幼」，在我就讀的三、四年中，每班的人數真是少之又少，但卻不缺乏各種有益身心全面發展的活動，「白雪公主」、「灰姑娘」的歌舞劇，都是我有份演出的。打排球、籃球，在操場上，男生拉我辮子被我小打耳光的情景，仍會出現在我腦海中！

媽媽是怎樣管教我們呢？用「管教」兩個字，就不太合適了！因為她沒有管，更不嚕嗦。記憶中，我很自然的會做該做的，她大多數會跟我講理，更不用說體罰了，那是記憶中從未發生的事！我印象最深會挨罵的事，是到處都在看小說，馬桶上、被窩裏。因為不知從何處借到了《魯男子》的小說，蓋了被子，拿手電筒看。還有一件會使我受不了哀聲呼叫的是，洗長髮梳辮子的時候，媽媽要分開打了結的頭髮，就不知輕重了！每日飯桌上吃飯的人都不少，爸爸的學生，至少兩三個都與我們同住，想來媽媽也很能融入他們的談話吧，但她的面頰在那時是很少有笑容的！父親每月的經濟來源是不穩定的，對一個家庭主婦，要應付三餐至少五、六人的伙食，談何容易！但是她不曾向年幼的我們訴苦，我們該有的、該用的，都不缺乏。我們變得是從不愁吃住，對錢是什麼的觀念，較薄的人。與母親本身的安全感，對父親的信任，不無關係，也使她不願向無辜的孩子傾訴！

當我環顧大陸與台灣的近況，對學位與名利的重視，我不免想探討的兩個問題是：「傳統文化中科舉制度，對人格發展的影響？」及「漢族裏歷代以士農工商的排列，造成的階級分別，對文人／文學素養的重視，無形中對整體社會發展的影響？」。這兩個問題，在我回顧先母為我人格發展打下的基礎時，似乎找著了些許的答案，也是促使我接受邀請為母親的著作寫跋的另一原因！

即使在人數不少的幼稚園，在上海的中西小學（1938年左右美國傳教人士所辦），也不曾被媽媽問「你考第幾名？」。當成績單出現在她面前，有以下的評語時：「缺乏創造力」，也不記得她叮嚀我要多努力，這些都不重要，我就是她所愛的女兒，要循規蹈矩做好我該做的就可以了。母親給了我很大的空間做我自己愛做的、愛看的。她隨時都在家，不會串門子東家長西家短，而只是投入了父親所喜愛的工作，透過他滿足了她愛國的情操，因此為他寫年譜。她的師範教育專業知識，似乎特別在我身上發揮了很大的作用：讓我容易信任人，並且勇往直前去爭取我對各種知識的好奇。更要深深感激母親的是，小時成長的環境有她的陪伴，隨時的臨在，使我不畏懼陌生及任何環境。

一九九六年，大哥與我將父親的骨灰自美運回蘇州，置放於母親的墳旁後，我開始尋根之旅，出生的北京、羈留過的大理、重慶汪山，都有我獨自旅行的足跡，懷念當年母親的陪伴！我的自在投入了一項華人極少在我的年齡願意投入的工作——心靈關懷與輔導。仔細回顧，都與母親為我的人格、心理健康，所打下的基礎，有深厚的關係。她犧牲了自己寫作的才華與意願，給了我一個安全的，可以表達感覺的家！

在愛情的追求上，她先是一個服從父母，不敢違命嫁給與她自己書香之家背景有別的作家鄭振鐸。他們之間感情的默契與深度，母親的摯友最清楚，我卻是從探訪已退休的程俊英教授口中得知。當時母親難以割捨的悲痛，只有感同身受去體會，也可由母親早逝後，鄭振鐸君每逢三月屢次掃墓獻花的舉動中，可一窺端倪。在他們毅然分手的兩年後，經由學界彼此熟悉的友人介紹，讓先父在去福州演講之際，得以與母親相遇。我可以猜想，這不是一見鍾情的愛，而是存有理性的，甚至事先爭求父母同意而決定的婚事。母親是以大局為重，私情為次要的人。未滿二十年的結婚生涯中，她必須忍耐與接納父親，現在回顧起來，我認為極為高超的理想、不妥協的性格，使他屢次逃亡國外、甚至被綁架，母親艱辛的熬過近一個月生死不明的恐怖，再加上她生命最後四年，父親的軟禁；又正值懷孕，先父出國參加會議的分離，他們兩人屈指可數的平靜幸福，共處大概不超過在德國及我出生前先父在燕大任教的幾年吧！沒聽見親友們說她是會抱怨的人，從外祖父曾任福建教育廳長的職位，她又是長女，在毫無重男輕女的觀念的家中成長，外祖母亦來自福州的陳姓旺族，母親的自尊心強，一向會照顧弟妹，她對自己是怎樣的人，該做什麼，向來不含糊。無形中也把這份高度的自我評價，潛移默化中傳承給了在她身邊最多日子的我。在大學未畢業前，她的著作已是那麼前衛、那麼脫俗，對精神生活的追求高於一切，不也是讓妹妹與我自高中畢業後只嚮往有宗教素養及情操的生命道路嗎？雖然與先父同住近十年是在他晚年精神最潦倒、最痛苦孤單的日子，使我深受他憂國情操的影響，但是沒有母親早在我心中撒下的種子，對精神生活的重視，愛書愛智慧，更理解到愛的真諦才是值得追求的，我不可能有今日的平靜與樂於奉獻的心！但願父母在天之靈感到安慰，我們兄妹都過著淡泊能助人即助人的生活，不離開他們所追求的理想！

母親也可說是當時最前衛的要求男女平等的作家，更是深深愛國以行動表達的女性知識份子，她卻放棄了自我表現的追求，而以夫業及留在家庭中扶養孩子為優先，甚至把她的才華融入協助先父的寫作中，這是我引以為傲的女性，由於愛超越自我而因此將愛提昇！在我的童年中，不記得母親有太多的笑容，除非她找到了可以談心的伴侶，但是她的價值觀，不以金錢，不以美貌，不以名利為重，卻在潛移默化的運作中造就了我，使我對目前周遭所目睹的一切，感到無奈與悲傷。走筆至此，我願意用以下這句話做結語：那是因為他們，絕大多數的人，沒有我的幸福，有如此這般的母親，為我一生的追尋，打下了最穩固、健康的基礎！

寫於二〇〇六年七月二十三日

半世紀後的重會

張筱艾

在天之母護佑之下的媽媽：

感謝上蒼的安排，在您過世後的六十一年，得以您留下的文字與您重會，抹去那逝世前未能見您最後一面的遺憾！

更重要的是仔細看完您兩個月的〈旅行日記〉，您回答了我生命中常想找出答案的幾個問題：

您的心中，冥冥中有沒有承認一位造物主的存在呢？在您八月九日的記錄中，您確實用了這個稱呼，不只如此，您接下去所說的幾句話，更證明您完全瞭解祂的偉大及祂的所造物的「渺小」。也就是說，無論我們做什麼都要記得這點，至少這是我的領悟！

在選擇學校的考量上，想來爸爸是依您的意見為主，您為什麼會送大哥和我，都去教會所辦的中小學呢？

現在更清楚您是參觀過國外那麼多所師範學校的人，對他們的辦學精神、課程與作法，都有相當的瞭解，但是您還是選擇了「中西小學」美以美衛理公會傳教師所辦的，原來天津早已有他們的分校而您也去參觀了，雖然記載不多，但對教會學校的印象，想來與您自己曾在福州看過相似，而留下了不錯的回憶吧！

接下來要問的，也是現在更清楚的，就是造物主在您未滿五十歲的年齡，就接您去了，留下四個未成年的孩子（大哥尚未到十九歲），祂的用意何在？閱讀了您〈旅行日記〉的記載及感想，更讓我不解，以您曾是那麼受歡迎的一位老師來看（見〈亡室王夫人告窆述略〉），您竟放棄了「專業」，而決心將時間精力投入爸爸的寫作及孩子們的培育，您的割捨，內在的力量來自何處呢？

從我個人的角度及成長中的體驗，我找到的答案是要我回到我在開始這封信所選用稱呼上的：造物主安排我和妹妹進入另一個「大家庭」——天主教會！耶穌的慈母也變成了我的天上之母。以目前國人所處的整體情況來看，他們已處於精神文明真空（spiritual vacuum）的狀態下近一百年，有各種信仰也未必與生活，人與人之間的互動相連結，而是民主選舉時得票的工具，爭取經濟來源的藉口，甚或安撫心靈空虛、憂傷的良藥，而忽略了造物主創造人靈必須擔負起的職責，尤其是當我們所得到的：包括天賦的才能，家庭背景的優秀，成長環境的特殊，在在都等著我們要付出更多時，我們都逃避了！「各人自掃門前雪，不管他人瓦上霜」這句格言往往是我們的藉口！

再說做為爸爸的賢妻，又那樣的贊同他的理想，在教育界中，您又能發揮什麼？這也是來自我個人在國內的經驗累積後的感言，造物主早認為在婚姻中，您已承受了無盡的痛苦，還是在天上為孩子們祈禱吧！

讀完您的「日記」，我私下慶幸，遺傳基因的影響居然那麼偉大，我也一直對培育下一代，有那麼濃厚的興趣。在眾人面前不喜先發言，而更願意以文字表達內心的看法！也許最大的不同，是您對家人、親朋好友有那麼豐富的情感，而我卻對自己的研究，對人類性格有差異的追究，投入了更多的時間，所以我更能下結論：科學與民主帶來了物質享受的繁榮與自由，但並未帶給國人心靈的自由及更深的平安，那能去愛及付出後的滿足及平靜！

如果您多活三十年，也只是跟著爸爸看著大陸的「解放」落淚、四海奔波流浪，而不能直接做什麼！但是您留下的「日記」啟發了我，也讓我更清楚當今，當下我能做什麼，也許為未來的中國子孫，打下更紮實的精神／心靈成長的基礎吧！

您的「英年早逝」，給了我更大的空間去找尋人生的意義，愛的範圍究竟為何？而更重要的是：怎樣幫助人更能愛，怎樣在愛中成長，而走出傳統的「自掃門前雪，莫管他人瓦上霜」的陰影。

親愛的媽媽，您的「死」，不只為我，也為更多人打下了「新生」的契機！這也是我閱讀您的「日記」後的祈禱！

從此常會反省您〈旅行日記〉中對教育的意見的女兒　小艾

二〇〇六年八月廿日

媽媽

小滿

你看到那月光下的緞帶嗎？
你看到那彩虹上的霜嗎？
那似緞帶樣的路，把上海的我，同在大理的媽媽，分離了。
我怎能忘記那天晚上，你為了去找在大理的爸爸，離開了我們呢？
你沒有把在熟睡中的我，老虎和小龍叫醒就走了。
你帶走了比我年紀大的小艾和小豹。
你是我最好的唯一的媽媽，但是你沒有守諾把我帶走。
你去內地是為了要逃避可怕的日本兵，
但是你因為我年幼，不能受長途旅行的辛苦，而把我留下了。
你沒有把我叫醒，是因為你不能忍受我的叫喊和眼淚。
你到大理見到了爸爸，就寄信給我們。

媽媽，你還沒有教我讀書寫字就走了。
我要阿姨寫信給你，但她總是太忙。
我告訴她，我多次夢見我爬到山上去找好吃的梨和蜜糖，
但總是找不到。
我每天等待你的信。

施友忠、王世宜之子肇洛（左）、世瑛之小滿（右）攝於上海 1941中秋

特於此感謝施肇洛提供之諸多照相！

每天接到你的信，我的心就充滿安慰。
我急想告訴你，我是多麼的開心呀！
你的信就是你，讀到你的信就像同你在一起，就像坐在你的身邊。
你告訴我，夢到食物是因為我餓了。
你說我可以要姨媽給我一些我所喜歡的食品。
小滿你也告訴我你有太多的媽媽，像姨媽、陳媽、公公和婆婆，
自然你知道我是你唯一的媽媽。
我們不久就會在一起了。
有一天，我們會一同乘了那千里長的緞帶旅行。
小滿，不要忘了，我們的遠離使我更加喜歡你。
媽媽，慢慢的，姨媽叫我耐心等待寫信給你。
媽媽，我常常想著你和你的信。
我一次又一次的拿了你的信來唸，就像我唸我喜愛的書一樣。
只要我心裡知道你愛我，我就可以等待。
我會在月亮編上的那像緞帶似的路旁等著你。

媽媽，你有空常常給我寫信，我會記得你信中的每一個字。
不久，我就會自己寫信給你了。

五歲小滿的回憶
夫婿　董啟超譯

註：老虎指長子國瀏
小龍指次子國超
小豹指老三國康

針約舉其重要者有四：
第一、学書寫聖教序
第二、讀漢書毎日二十頁
第三、習法文
第四、編大学國際法講義
主以辜於外務行之数日又復舍此他求故標明

選者甚少，就是我一個人。讀的書是陸克的政府論(Two Treatises on Government)。上課時最初浮田先生站在講壇上，後來因為有書不方便，他同我兩人並肩而坐。這個人和藹可親，循循善誘，到現在我還想見他穿了和服和木屐的樣子。日本学校雖然讀英文參考書，但是教授所常常提起的，是德國著名学者如(Wagner)及(Schmoller)等的名姓，國際法上也常提起(Mayer)及(Laband)的名字，所以我在日本留学時，已引起我對於德國学問的欽慕心。我在早稻田大学也曾讀德文三年，德文經濟学，德文憲法也曾讀過些，在那時我已有意到德國留学。([illegible])
是年清廷籌備立憲

紙地圖按戰
而果之竟疑為某國之間諜某日因出言不慎致
觸怒某愛國心之警察巡警監視行動而禁出入按之法律非得
本人許可巡警不能入屋搜查君以失卻自由乃動議要求
登可尋始告無事君之興趣對於國外之歐戰猶且
治之關心更可知矣猶憶一九三〇年同蔡耶納佳

十二月袁世凱承認

入滇說唐繼堯起義並赴

是年秋自德如法並赴

世凱忽籌備帝制國本

後導報 Daily Chronicle

北京導報曾轉載主筆陳友仁且以基

（此文惜竟無可考）袁氏知之囑使館注意謂如不慎將

題不遑坐視爰在倫敦作文攻擊（文見後

十月抵英鑒於歐戰正酣

Contents

The Faded Shadow of a Rainbow

By Tsai Dun-Shan
Translated by Hsiao-Ai Chang

After the May Fourth Movement of 1921, one item being against the old traditional even feudalistic bondage of women, the latter were no longer regarded as having virtues only. Educational opportunities became wide open to them. So it happened many gifted women, like icebergs that had been hidden for a long time but all of a sudden appeared on the horizon, began to arise and made their gifts known to the world. Some of them were the descendants of scholars and court ministers, some even went abroad to study; they retained both the classical touch of femininity and new stylishness of the West. They experienced the struggles of evolving from the traditional to the modern; they also were daring enough to break through the silence of centuries by using their pens to paint a multi-colored horizon like the rainbow.

The literary scene now provided a horizon that was irresistible to those in the field. These first generation women writers were many: Bin-hsin, Lin Hui-ying among them were well known; and the majority of them graduated from the Peking Women's Higher Normal College (An educational institution that was changed in name later as Peking Women's Normal University in 1924.) It was not until the summer of 1920 that the

well known University of Beijing began allowing young women to register at their university.

Among those young women writers from Peking Women' s Higher Normal College, the one much better known undoubtedly is Lu Ying. Her novel ,Close Friends of Hai Bin was an early work that made her famous, but also a precious piece of novel, medium in length, in the New Literary Movement. This novel contained the genuine and detailed thoughts and love life of four university women students. During the author's college days, she actively participated in the patriotic demonstrations, and was very close to three other young women: student body president Wang Shih-Ying, literary secretary Chen Din-hsiu, and Chen Zhun-ying. These four bright and self-assured ladies even gave themselves the title of 'Four Gentlemen' a name first known during the Spring-Autumn & Warring States Period. The novel, Close Friends of Hai Bin, was based on the original very close friendship of the four women!

Actually all four had literary gifts of their own. Wang Shih-ying had already published many articles / stories under her own name and under the pen name of Yi-hsin (One star). From what I could find: a short story in Literary Bi-weekly (Vol. Four) was published on June 10, 1921 entitled "Heart Scene"; an essay entitled "How to Create" appeared on July 10, 1921. Besides several other short stories, the most significant piece of great length was her daily recordings between July 7 to August 29 1922 on her class graduation trip to Japan and Korea. With sharp and detailed comments on her visits to educational institutions, the journals were published consecutively

for thirty-two days on the then well known Morning News. There were also short poems written during her trip to Tokyo.

Wang Shih-ying like her close friend and author Lu Ying, were members of Literary Research Association. They were both eager to write creatively in search of life, but Wang Shih-ying was much more enthusiastic to write on the happenings right around her. She felt only those writings close to everyday life were worth writing due to their emotional undertone, practicality, and reasonableness, and thus also much more understandable to even village folks, but still, with enough thought provoking content! Therefore her short stories had already departed from the trap or boundaries set up by classical writers with a great deal of emphasis on the flow of details. She very straightforwardly led her readers to examine the inner-life and spiritual dimension of her characters. Her descriptions were not falsely put together, but more from realistic and careful observations. In the story “Rather None Than Incomplete” two young women argued back and forth throughout the story. The lengthy conversation between them mainly was there to demonstrate how one young woman in her choice of emotional support, preferred to be without rather than incomplete. The author with light touches was yet able to present a complicated network of thoughts and reasonings, that would make any one truly admire her literary talents.

As for her travelogue that amounted to over fifty thousand words, aside from her beautiful choice of words in describing this trip, it was also a gem for anyone interested in research into the history of education both in China and Japan during the ‘20s. It was

a day by day, careful commentary on what she actually observed during the close to two months' trip. The following words were written by her husband Carsun Chang after her death, "Upon her graduation she traveled to Japan, the Travelogue she wrote was published in the Peking Morning News and won great acclaim". But at the time, Wang Shih Ying was a mere graduate of Women's Higher Normal College, barely twenty some in age. We could not but be surprised by her young age, yet with such wisdom and giftedness!

Carsun Chang and Wang Shih-ying married in 1925! Sad to say, from then on she devoted herself to her husband and children, and never wrote to be published on her own again. She won the high recognition of a virtuous wife and nurturing mother, but the literary world lost a talented hand! What's worse, all these published writings were buried under layers of dust for over eighty years! In the history of modern Chinese literature, her name never appeared much less was there anyone to take an interest in doing research into her writings. She became one who brightened the literary world for just a short instant and soon disappeared. In the bleak and darkening distance, there was hardly time and bright enough for any one to catch a glimpse of her shadow. It is therefore of special significance that this book is now being published and presented to the literary world. Among the very few morning stars of new literary women authors, she was "one star" as her pen name suggested, and a truly shining star! It is just that she had been forgotten for close to a century. This collection of her writings published for the first time, would restore this once "faded shadow of a rainbow" its lustre to

interested readers, and for the long forgotten shadow of a rainbow to make an impact upon the historical landscape!

A Simple Account to Commemorate My Deceased Wife Wang Shih-Ying

By Carsun Chang

Translated by daughter Hsiao-Ai

A poem by Tsao Zhi（曹植）reads:
Entering an empty room I lean alone,
Facing the curtained bed,
I sigh in pain.
The person has gone, but things remain.
How my heart could endure to keep looking?

These are my exact sentiments when I fulfilled my obligations in America and when I heard my wife had bid her final farewell to this world. Since our marriage, we have been together for twenty years. It has been a period when the nations of the world have been fighting one another. A period when the democracies struggle and fight against those rising in the name of democracy. I with my limited ability failed to examine my strength, and still thought I could influence the situation. I worried constantly until the changes kept coming, piling one upon the other, and my wife also followed me through all these difficult and harsh occasions until in great sorrow and suffering she passed away.

I first met my wife when we were preparing to entertain the Indian Poet Tagore after his presentation in Peking. By 1925, I went to Fuchou to marry her. As the Northern Expedition of Kuomingtang proceeded from Kuangtung Province to Kianghsi and then Kiangsu, I was so convinced of the righteousness of democratic rule, that I began the publication of the magazine New Road (Path) to attack/ criticize the authoritarianism/ totalitarianism of the (existing) government. Before months had passed, I was arrested by roughnecks or thugs. From then on, my wife received threatening telephone calls daily. They said if the asking ransom amount of cash was not delivered, they would cut my ear and present it at the door. One day my elder sons were handling a rope from upstairs to get the mail out of the downstair's mailbox. They were so scared and suspected their father's ear had arrived. My wife, even though fearful inwardly of what might happen, still showed an outward calm without disclosing her inner anguish. Those thugs were tired of waiting for so long without any response and so delivered their final threat: if no ransom was delivered soon, my head would be chopped off and placed next to the main thoroughfare then, Ta-Hsi Road in Shanghai.

Since I was also suffering greatly being tied and living in that basement prison kind of room, I pointed to the heaven above and swore to the thug: "If I had ever accumulated wealth of any amount and refused to share with you, then my whole family with three sons would be punished by the heavens and meet death in due time." These words so touched the thugs, that they accepted sixty dollars (my

eighth brother managed to gather and deliver) and released me. This was the first of yet to come hardships my wife went through!

After I was thrown out by the thugs, I realized how unsafe my life had become, and soon escaped abroad! My former professor, Eucken from the University of Jena in Germany, recommended me to teach Chinese philosophy in a German university for one year. But soon after that, I received a telegram invitation to lecture at Yen-Jin University and returned to China. But once again, due to a lecture I gave on the battle of the Nineteenth Army in Kiangsu, I was rejected by Yen-Jin to continue teaching there. Soon after that, the National Socialist Party was founded and I was among the founders.

I traveled to Vietnam (An-Nan then) and the southwestern provinces of China. It was also the time when the Japanese demanded the self-rule of the northern provinces and threatened China with constant flying of their airplanes over the northern sky. But that was close to delivery date of my eldest daughter Ai, my wife rushed back and forth in the streets not knowing where to find a hospital with an obstetrician. She recounted the fear and trembling she felt to me later. Even though this was a different experience from the previous hardship encountered in Shanghai, but still an event that left scars in her heart. This was the second heavy burden she went through!

Before the Sino-Japanese War broke out on August 13, 1933, I was invited to Lu-Shan （廬山） for a political conference to discuss mutual concerns and remained there for over a month. Where I was then, and the City of Shanghai where my family was, could only be reached by bus/car, but Japanese airplanes flew back

and forth constantly and made it very difficult for me to return (to join my family). In the three years that elapsed, my wife (with five children) was alone living at Zhao-Fung Mansion, but when there were air raids, she had to seek shelter with six people crammed into one tiny room with blankets put away in the morning and laid out at night. Still, she did not neglect to find the right teachers and schools for the children. Besides, I had to follow the government's move to the west (from Honan to Hubei then to Si Chuan), all the difficult responsibilities of caring for the five children fell on her shoulder alone. Even though we were in the midst of war, she still sent me these verses: " When would we pacify/defeat the barbarians and you, my good companion, could return from this distant separation?" never did she utter any complaints nor anger. This was the third hardship she had to go through.

After 1938, I founded and organized the Chinese Institute of Culture in Da Li. The buildings were completed and I thought to myself that I could now enjoy some peace and rest. My wife (with two children) flew from Shanghai to Yunnan and I met them in Kunmin. But the Consultative Conference began its session then in Chungking, and I felt obliged to attend. The Pearl Harbor incident in the Pacific took place and World War II broke out. The fact that a dog was among the passengers on board the plane from Hong Kong to Chungking caused the students at Southwestern Union University to protest and demonstrate in the streets. The government (in power) blamed the whole uprising on me as the behind the scene organizer. The institute was ordered to disband and I was not allowed to

return to Yunnan. It fell on my wife to take up the task to close the institute(and join me in Chungking). I moved to Wang-Shan, a suburb of Chungking, and was closely watched and followed for two whole years. This was the fourth of the hardships she had to go through.

Reflecting on the origin of all four events, I could sum up in one sentence: they all had to do with my political ideas and involvements. They caused my wife, not even in her dreams, to have one day's restful calm and peace!After we settled down in Wang-Shan, son Bao (Leopard, family nick name) was diagnosed with appendicitis, but was not treated with the correct medication on time, and lost his life at an early age. Both of us often felt the pain of loss as if a light had gone out, and often prayed for another child to amend the sadness. In the winter of 1944, I was asked to participate in the Pacific Academic Conference (in the United States).It was followed by my attendance at the United Nation's Charter signing in San Francisco. In March of next year, the time for delivery of our sixth child approached. Her heart condition still brought about her death and caused her to leave me forever.

How sad as I wept,reciting the following words:

Traveled far and again,
We were ten thousand miles and more apart,
The roads were often long and hard,
Never knowing when we would meet again!

The above quotation from the ancients seemed to have written for me describing so closely how I feel now.

The completeness and beauty of her character and behavior of course had much to do with the ways her family cherished her and taught her. Shish-ying was the grand-daughter of the famous county mayor Wang Ke Zhuang of Fukien, and the eldest daughter of my father-in-law Wang Yen-He. The latter was the one who assisted Mr. Chen Yu-Yen to promote education opportunity for the children in the countryside. Shih-Ying was able to enroll in primary school as a young child and later in normal junior college and became very close to Bin Hsin（冰心）. After graduation, she followed my father-in-law on a trip to Taiwan.

In 1917, she took the entrance examination and was accepted at Peking Women's Higher Normal College. With Huang Lu-yin, Chen Ding-hsiu and Chen Jun-yin, they were known as the Four Gentlemen （四君子）. When they graduated from the Peking Women's Higher Normal College and traveled to Japan, what she observed and recorded on this trip were published in the Morning News in Peking and won wide acclaim. During the time my father-in-law was in charge of the Ministry of Education in Fukien, Shih Ying, just completing her higher education training, went back to Fukien and headed the elementary school that was run by the Junior Normal College. The school children all loved and respected her. When I was touring Fukien, I saw with my own eyes a great many school children rushing to welcome their teacher Wang and shouted out her title Teacher Wang incessantly!Her love and nurturing of these children were a natural part of her and quite different from other teachers who had to use certain methods to solicit such sentiments from the

students. In 1924 (before our marriage), she led the Junior College women students to Kiangsu to observe the qualified schools in action, and so I was able to get to know her even more and in deeper ways. Even though Shih-Ying participated in the May 4th Movement, accustomed to the fashionable talk of freedom in marriage (rather than arranged marriages), but on the day I begged to hold her hand to ask her to marry me, her shyness and speechlessness still left a deep impression in my heart until to-day. Who would imagine, a person thirteen years younger than I, would leave this earth before me?

Her death has left me all alone, how could I not feel the throbbing pain of no more tears as the light of the candle is blown out ?

My wife and I were not just partners in marriage, but also intimate friends: whatever manuscript I finished, she read first and pointed out places that needed editing. Therefore, in the preface to the book, The Grammar of Politics, I wrote the following words: " To Miss Shih-Ying I dedicate this book to express my appreciation for her hard work in editing the book."

In all these twenty years, the attitude my wife showed towards my political activities was one of understanding that I could not stop myself from participating, but still remarked that was a wasting of my energy in a hopeless and pointless attempt. She often advised me to give up political activism and devote myself full time to cultural activities. Even though I was moved in my heart by her words, but to behold the struggles and hardships of the population at large, made me ready to continue entering hell to endure the misunderstandings,

shame and lies heaped upon me. The one thought that kept me going has been: I dare not live in comfort nor being self-satisfied in all I try to do. But this year has found me over sixty years old, and not too far from the time I could join my wife for that long rest underground!In the years left to me, I should supervise the growth and education of the four children: Kuo Liu, Kuo Chao, Ai and Man, propriety in behavior, acquiring a specialty in their education and fulfilling their responsibilities as citizens, so that their mother could rest in peace without worrying about them.

Even though during her life, Shih-Ying was used to hearing that women should be able to enjoy social life and an occupation, she insisted that the greater responsibility was for married women to remain with the family. My friend Pan Kuang-dan remarked how alike he felt towards what she believed. One may also notice from the above how she held on to her own views and was not easily influenced by what was fashionable!Since the Sino-Japanese War began, Shih-Ying collected all the data of what I accomplished and started to write my biography!She planned to make everything known to the world as soon as she could. It made me think of how womens'personalities are different in that some show more external beauty, and some more inner beauty. Behavior such as well trained in social contacts, very good in certain tasks, or able to save financially, all these skills/ talents belong to the external category. But in as far as educating the children, gentle care of the relatives and friends, often suppressing what they want to say but not being able to hide their kind demeanor and acts, all these virtues are from

their inner spirit. What Shih-Ying showed in her personality were truly what Chui-Yuan（屈原） praised as the gifts from one's inner beauty. Is not the fact that I could not enjoy old age with my wife, part of my fate towards which I had nothing more to say?Her coffin has now been shipped from Chung king to Shanghai, and it will be interned at Zhen Ru countryside, next to the ancestral grave site on December 29, 1945. I have written the major facts on what my wife was and did to inform my friends and relatives. I beg for your perusal and appraisal!

The Mother I Still Remember

It has already been over sixty years since mother passed away, what do I still remember? At the time June, three years younger, and I were studying at a private elementary school, named You-You established by the teachers and graduates of McTyeire Girls' School from Shanghai, a well-known Christian school founded by Methodist Missionaries, but now located on Wang-Shan, a suburban and rather exclusive area above the war time capital of Chungking! I was in sixth grade, and June was in third grade!

Due to mother's very late pregnancy, at the age of forty-seven, (to amend the loss of my third older brother who died a year or so ago) and her heart condition, mother was ordered to live in the city of Chungking where she could be watched closely by her obstetrician on monthly visits. Our guardian, a graduate student of our father living with us at the time, came to the school and told June and me that we should get changed to take off for Chungking to visit mother. That was all we knew.

After we arrived at the hospital, we were met by our aunts from mother's side who looked at us blankly but said nothing. We were told to wait in the hallway, not even close to any hospital room. After some time, Aunt Shih, mother's younger sister, tearfully said to us that mother had passed away. We were not taken to the bedside to see her for the final farewell.

What I still recall is I did not breakdown in an outburst of tears. Mother had been living in Chungking for close to half a year on doctor's order, and I became quite used to living without her direct care. She had written to me several times to reproach me for not coming home on time after school but stayed in my girl friend's home to be with her and her brother. Thinking back, I realized I was already emotionally independent and mature for my age. And I had so much fun at our school that I did not miss her presence. I was much more concerned with what my peers thought of me: "I am now different from my classmates, a person without a mother, a person different from the others!" My sadness had much more to do with these thoughts! I never asked how June felt at the time. I was too wrapped up in myself, so typical of a pre-adolescent.

From then on, June and I were either living in a household without a feminine adult's care or living in a boarding school. We had capable and kind aunts to care for us on long vacations during the year after mother passed away, but not much tender loving care after that. That may explain why June and I never picked up the gentleness and feminine touch of other women; but our values, especially my own, now that I recall, were imperceptibly influenced by our mother: No regular mentioning of money, nor fashion, nor comparing us to other kids, much less gossips about friends and neighbors to show off herself. The truth is, in my memory, she never had time for any of these things. Her desk was filled with books, letters, and paper of all sorts. Once in a while, when I was not reading myself, I would straighten out her messiness! I never

knew then her real interest was in education, in following our father's ideals and in writing.

What I have been professionally involved in the past decade: working in hospitals, counseling patients and their family members, or training seminarians, religious and lay workers for pastoral care work and spiritual growth, offered me many opportunities to tune in to their struggles and losses while growing up. The conflicts and woundedness inflicted on them in their parent-child interactions which also caused or shaped their personalities, continued to create difficulties in their adult lives. After listening to these varied and painful life stories, I began to ask myself what made it possible or much less difficult for me to get back on my own two feet after being hurt, to face the facts, and continue on to challenge myself to accept another reality, or to seek a new route to regain my balance and tranquility? Yes, there is God's love waiting for us, in us, and we could find relief through prayer, but do not many religious persons, even spiritual people still struck with cancers, mental illnesses, chronic diseases that are now known to be psychosomatic in origin, but not just due to heredity or DNA? What made it possible for me to think rationally and not tied up in knots by emotional turmoil? Why are there celebrities, scholars and original thinkers, best selling authors and artists, failing in their family relationships, unable to improve their communications, thus inflicting lasting personality distortions for life on their dear ones? The truth is I could continue to ask such questions and top-notch professionals would give different answers from their respective fields of research. Nonetheless, at least

in my own life, I am able to find the answers in my twelve years of closeness to my mother. That is why I responded warmly to the editor, Den-Shan Tsai's invitation to write something on what I still remember about my mother!

The more clinical experiences I gain in counseling, the older I got, the more thankful I became for the emotional foundation my mother laid down for me in the years she had me next to her. I came to realize how different she was from the mothers I observed, I had contact with, and I had heard from.

Around 1992 in Shanghai, when I interviewed one of my mother's closest friends, Jun-Yin Chen, of Normal College days in Peking, she remarked how she simply could not understand why my mother gave up her writing career and chose to devote herself to be a full time wife and mother. (even taking care of her own parents for a short time) At the time, I did not fully comprehend what she meant. It was only after the editor of this book, Mr. Tsai, informed me what he found written and published in 1922 from my mother's own pen that I understood what a sacrifice mother had made. After she married my father, she gave up what she enjoyed doing, and took up the full responsibility of being a well known scholar's wife and mother of five. Even though during the May Fourth Movement of 1921, she walked with three other scholastically and spiritually intimate women friends, from the same educational institution, Peking Higher Normal College, in the streets of Beijing waving flags, shouting "Down with Japanese Imperialism", she still chose to follow the Confucian traditional order to dedicate herself to cherish the family,

after cultivating her spiritual self, before involving herself in national issues. She retreated to the home after marriage, to serve her husband and raise the children! Such self-sacrifice from a gifted woman is indeed rare in to-day's world!

But I was surprised to discover what Bin-Hsin （冰心） described in her essay to commemorate my mother, the description simply did not correspond to the mother I remember. I do not recall gaity, laughter, relaxed outpourings from mother's mouth. All I could remember were more like sneers, humorous remarks about how nervous mother would be every time she had to entertain her in-laws: sisters and brothers and their families. She perspired so profusely that her clothes showed. These relatives did not know how superior she was in her educational background nor shared in the kind of intellectual up-bringing she was raised with! Plain conversation was hard enough, not to mention communication. After all, father was the black sheep, financially speaking, among his close to twelve brothers and sisters, even though he was the first at seventeen years of age, to bring home gold, his teaching salary to help support the family. Mother did not know father's family members when she married him.

For the brief period of close to two years, when father was involved in Pre-Sino-Japanese war politics, mother lived with her parents and cousins in Shanghai. There were more memories of joyous laughter, painting, discussions, both in Fouchow dialect and mandarin.

In 1940, not too long before World War II broke out, mother brought my third older brother and me to Da-Li, Yunnan province,

via Hong Kong, to join my father who had then just founded a political & cultural institute for graduate students. Mother was probably the single woman intellectual around campus. In her solitude and spare time, she wrote the play on Hua Mou-Lan, the patriotic young woman who replaced her father and disguised herself joining the army to fight off the invading enemies. I was about eight years old then and yet could remember so well that mother made me take the main part to act before the students of the institute!

Soon after that, when father was away to attend a conference in Chungking, he was accused of being one of the behind the scene promoters of student demonstration on the campus of Southwest Union University in Kunmin, the capital of Yunnan, but hundreds of miles away from Da-Li where we were. The institute established less than two years ago was ordered to stop functioning and father was put under house arrest by the ruling KMT chief-in-command. World War II broke out shortly after, and mother had to repack everything taking third brother and me to join father in a rented residence in the hills called Wang Shan above Chungking. I continued my elementary school education there, but lost my third older brother from being misdiagnosed in a case of appendicitis!

I vaguely remember mother participated in the school policies of the private elementary school called You-You by name. My school grades were hardly her concern and I was never asked, but I do remember her giving time to teach neighboring boys who needed help in completing homework. Even though there were very few students in every grade as far as I could remember, but we did not

lack variety in the kinds of after school activities good for body and mind. Besides playing basketball, softball and volleyball on school grounds, I still remember taking major parts in those musical plays like Snow White and Cinderalla with singing and dancing to match. Moreover, I was not afraid to hit back when one boy pulled my pigtails during sports. The American education basics were brought by Methodist Missionaries to Shanghai and transferred to this exclusive tiny school even in war time Chungking!

How did mother care for us and teach us, as the Chinese term 管教suggests? To translate the words to discipline and teach, are simply not suitable, because she seldom disciplined, hardly gave lots of orders or criticisms! As I remember, I did what I should; when I misbehaved, she reasoned with me most of the time, but never gave physical punishment. What still stayed with me, and for which I received the most scoldings, were my incessant reading of all kinds of novels and at all places: once in my bed with flashlight under the cover for reading an adult romantic novel, and then in the bathroom! My having long hair to be braided made it tough for mother to wash my hair and untie the knots in the process. That was the time I would scream begging mother to have mercy with her hands!

The meals served at the home from 1942-1944 usually involved six on seven people, with my father's students also eating and living with us. As I do not recall any conversation that involved the direct family members, I assume mother was able to participate in their conversation; still I could not recall much joy in her facial expressions. Father was under house arrest then, often followed by

security agents on his walks, not to mention distant outings. When and how living expenses would be given to mother was hardly a certain thing, would she not be worried on how to plan meals for a full table of six-seven people? But I do not recall hearing her complaints nor rebukes of those helpers in our house! We did not lack anything; and concern for money, since it was never a discussed issue compared to what I came to understand later as being so important, was scarcely a matter I needed to worry! But I can think back and realize now it is because both mother and father were raised with security and a strong sense of their own worth, as the eldest daughter of close to ten offsprings, and the most intelligent second son in a family of twelve on my father's side! Mother appreciated and shared in father's even though often attacked aspirations, and did not complain about the hardships in daily living. She was so emotionally stable and spiritually mature, as seen from the Travelogue she wrote about her graduation trip to Japan and Korea. She endured, kept all the sufferings in her own heart, and did not burden her children at that young age, when they were supposed to enjoy life! (I dare make this conclusion now because when mother noticed young children with faded or dark color clothing in schools, she wrote that children with colorful clothing would make them happier!)

When I survey the general condition on both the mainland and Taiwan, the emphases placed on scholastic degrees, visible achievements and wealth. I cannot help asking the following two questions: what would be the influence of the long tradition of the examination system to choose civil servants on the development of

personality? And what about the ordering of the intellectual as being the most important class of people, then the agricultural, next the laboring, and lastly the business people? The class distinctions that have resulted, the high regard paid to the intelligent, the writers and literati among the Han people, are they healthy? What this distinction subconsciously has done to the development of the whole society where Chinese are found? When I look back to seek the clues in what my mother gave to me, in those eleven and half years, it seems I have found some answers, and that is another reason for accepting the invitation to write this article in memory of my mother.

Even though the kindergarten I attended first in Shanghai, McTyeire by name run by Methodist Missionaries around 1938, had many children, when my report card was placed before mother, I was not asked, "Are you number 1 or 10 in your class?" (I find it difficult to translate this question because it is never an issue in American public education, no ordering of grades was publicized) And when the following words appeared on my report card from my kindergarten teacher, "Lacks creativity" she did not tell me to work harder. All these were not important, as long as I did what I should and to the best of my ability, I was loved unconditionally as her daughter. Mother gave me plenty of space to do what I liked and to read what I chose. She was always home, not running to neighbors to chit chat nor played mahjong. More than that, she involved herself in helping with my father's translations and preparation of lectures. Through him, she found satisfaction in fulfilling her patriotic aspirations first demonstrated in the March of May 4th; but

more concretely, she collected plenty of data during my parents' life together so as to be able to complete a year by year biographical account since birth, of her beloved husband!

Her professional knowledge gained from her training in Peking Higher Normal College, it seems, produced the most fruit in her own elder daughter: She nurtured me to be a trusting person, and provided me with courage and curiosity to investigate whatever interested me especially in relation to people's behavior. But I am specially grateful for having her accompanying me all through those crucial years before adolescence. Her constant presence, guarding me from any harm, laid the foundation for me to be able to face any new and strange situation without fear!

In 1996, my eldest brother and I carried the urn in which my father's ashes were placed from Oakland, California, to Shanghai and on to Suchow to be laid next to my mother's grave. Then I began to trace my roots to where I was born, Peking, then to Dali where we lingered shortly in Yunnan Province, and on to Wang-shan in Chungking, all on my own in memory of my mother's accompaniment in those crucial years.

The freedom with which I immersed myself in a profession few Chinese participate professionally: spiritual care and counseling and in a program called Clinical Pastoral Education doing training in hospitals, as I reflect deeply now, had much to do with the foundation of personality development and mental health that mother unswervingly and unconsciously bestowed on me. She sacrificed her own talent and desire to be a known author and provided me with a

home that was secure in every sense, spiritual in orientation, and with the freedom to express anything.

In the matter of intimacy between opposite sex, she was first of all an obedient daughter who bowed before parental inhibition to marry C. D. Cheng, someone whose ancestral heritage did not equal her own, despite their ability to share the same outlook and interests and his being already a known author at the time. The depth and degree of their emotional attachment and understanding were well known to the good friend and classmate I interviewed in Shanghai. I knew only then what mother gave up to marry my father. The pain she went through to obey her parents could be surmised only by those who underwent similar loss. Only recently, I was told Mr. Cheng, once mother's choice for marriage, after being told about my mother's death at 49, brought flowers to her grave annually for many consecutive years when he was close to the Chang family's ancestral grave site. How sad he must have been!

Two years after the above love affair came to an end, first through the introduction of mutually well known academic friends, mother met father on the latter's lecture tour in the city of Fuchow where mother was working as an educator. I could only guess it was not a love on first sight entanglement, but mixed with rational considerations, and consented by her parents. Mother was a person who respected tradition and placed her own emotions as of secondary importance. In the less than twenty years of marriage, she often must demonstrate patient endurance and acceptance of my father's high and often inaccessible ideals, his uncompromising character in the

face of principles so necessary in his eyes for a rising democracy. The latter caused him to have to flee to Germany at least twice to be out of the hands of persecutors. But it also happened that he was tied down and thrown into a basement dungeon blindfolded, with his persecutors asking for ransom for close to one month. Mother lived in fear and tension all through this ordeal not knowing what would happen to father.

In the last four years of her married life, father was under house arrest and surveillance; shortly after she was known to be pregnant again at the ripe age of 47, she was separated again from father due to his being invited to attend a conference in the United States. Their tranquil and happy time together could easily be counted.

Yet I never heard from mother's relatives, including sisters and brothers, that she was a moaner or complainer. Her father's having held an important position in the ministry of education in Fukien, her mother also born and raised in a highly regarded Chen family from Fuchow, and mother's being the eldest daughter raised in a family where boys and girls were given equal importance and educational opportunity, made it possible for her to hold a high degree of self-esteem in herself, and confidence in her ability. She took good care of her younger siblings, understood who she was, and what she wanted to do and strive after. Unknown to herself, nor to me at the time, she passed on to me, one who stayed with her the longest, this high sense of self-esteem that made it possible for me to adapt readily in any new situation and not to be hurt easily when criticized. Even before her graduation from college, her writings were already so avant garde

and unusual spiritually! Is this not related to the fact that my sister June and I were prematurely pursuing, after high school graduation, the religious life for a meaningful existence? Even though it was only in the last ten years of my father's life, that I lived and cared for him, and when he was the most lonely, most depressed about the loss of mainland China to communist rule, I was still influenced by his patriotic concerns. As I see it now, without the healthy seeds first planted in me by mother, a love for the spiritual dimensions of life, a love for knowledge and wisdom which continue to make me aware only genuine love for self and others was worth pursuing, I would not be able to enjoy the peace and love to offer my service to my fellow countrymen and women. I could only hope both father and mother in their resting places feel consoled by the knowledge that the three of us older brother, sister and I left on earth with our families, do share our happiness and gifts with others, helping those in need when called on, and not far from the ideals and values they lived by.

Mother could also be considered the most avant garde woman writer of her time, seeking equal treatment for her sex. More than that, she was an intellectual who loved her country deeply by taking action in a demonstration in the streets, yet she gave up the occasions for self-expression and chose to prioritize her values in the order of assisting father and raising a family first, especially in the ways she lent her talents in writing to help edit father's translations from German to Chinese. In a world where women compete to be men's equals, I belong to my mother's category and admire her for transforming her love to a higher level by complementing her loved one's pursuits.

In my childhood years, I do not remember mother having many smiles, unless she found friends and relatives whose minds met, but her values: not money, not beauty as make-ups, nor fame and wealth, became mine as well! Those unperceivable values that are eternal, have become part of me. They bring on a lingering sadness whenever I turn on the television screen to-day.It is time now to end this reminiscence and I prefer to conclude with the following sentences: that is because most people I see in the news to-day, the great majority of them, did not share the fortune of having a mother like mine, who, for what I am able to strive after to-day, laid down for me the most solid and healthy foundation!

Hsiao Ai. Chang written first in Chinese
(and later translated) on July 23, 2006

Half a Century Later!

To my mother who has been under the protection of our Heavenly Queen:

With deep gratitude, I thank God for His arrangement through the help of Mr. Tsai, in being able to meet you heart to heart through your writings published in 1922, and in this way amend the loss of not seeing you for the last time on your death bed!

More than that, after careful reading of your travelogue of close to two months on your graduation trip to Japan and Korea, I found the answers to some key questions that have whirled around my head during my life without your presence:

Did you, in your spiritual pursuit, acknowledge the existence of a Creator? Your journal written on August 9, 1922 actually used such a term, 造物主, the Master who created all things. Going beyond that, the few sentences that followed gave further evidence that you understood fully His greatness and the insignificance of everything that He has created. What I interpret from those sentences is that we should remember this way of thinking in whatever we do! (It certainly helps in reducing our self-centeredness and greed for power and wealth.)

In the matter of choosing schools where we would be better educated, I suspect father would rely on your judgment and decision. Why did you decide to send Tiger(Kuo-liu) and the rest of us to

missionary schools? After reading your journal, I am clear you were one who had the opportunity to visit many teacher training colleges and other state run schools of all levels, you were quite in touch and even critical of their educational programs, methods and quality in general; with all this background, you still chose McTyeire's kindergarten for me, one run by the Methodist missionaries! I also found out from the journal that you visited McTyeire School in Tientsin, probably established even before the one in Shanghai. Even though there were few comments regarding this visit, it is my guess you had good impression of missionary run schools, probably going back to your high school days in Fuchow. Did not one of your aunts become the principal of one Christian Girls School in Fuchow? In a later passage you also indicated how you admired their spirit and sacrifice!

The next question that was on my mind but the answer to which is now found, has to do with why you were not even fifty years old, with four children, three in their teens and one in third grade, and yet the Creator of us all took you from us? What did He have in mind? I was even more puzzled after reading your travelogue with its detailed comments on your observations of so many educational institutions you were able to examine! Father wrote in his commemorative article after your passing away that you were a teacher so much loved by your students! Yet you gave up your profession to devote your whole self to helping father in his writings, and in caring and nurturing the five children. (When one was lost at age thirteen, such a gifted one already able to translate stories from German to Chinese even then,

you were so sad as to wish to replace him with another that brought about your own death!) From where and how did you cultivate that inner strength to make the sacrifice of putting your own needs aside?

From my own angle and experiences in growing up, the answers I found are related to the way I addressed you at the beginning of this letter: Our Creator transferred us from the family you gave us to a much larger family – the Catholic Church, the loving mother of Jesus also became my mother in heaven.

To observe the overall conditions our people, Chinese in particular, are now in, I must emphasize it has been nearly hundred years at least that they have been in a "spiritual vacuum", a term father also used in his writings. Even though many kinds of religious beliefs are taken rather seriously, but not necessarily integrated into their daily living or their value systems, much less in their human interactions! Too often, the honoring of a particular set of beliefs, visitation to temples or Churches, were used at pre-election times to gain votes, or to solicit funds to build hardwares with the software of genuine caring left unattended. At best, devotion to the gods, recitation of prayer, even meditation and some Zen enthusiasts do get involved mainly as another remedy to quiet the mind and bring solace to the heart. The great majority, it seems, overlook the purpose for which men and women are created, what they as spiritual beings made in the image and likeness of God must do to take responsibility, and cooperate with one another in bettering this creation! Where are we, especially those of us who are from gifted and well off families, with so many talents to offer to those less fortunate? When we are

asked to give unconditionally from the heart, are there not many who take the easy road to escape into their own wants and interests? "As long as I sweep away the snow in front of my own doors, why should I care about the frost on my neighbors' roofs?" Does not this well-known Chinese proverb pretty much sum up our common attitude with regard to the poor and destitute? It seems more dogs and cats and rabbits in the developed countries receive tender loving care than people in the underdeveloped countries!

Moreover, as father's faithful assistant in his political platform and ideals, what could you have promoted in the field of education with the KMT's permission? Just think of father's fate! This way of looking at reality both in Taiwan and China is the result of my own accumulated experience working in both places. Our Creator had mercy on you, having noted the sufferings and sacrifices you made on behalf of father. He allowed death to happen early so you could be spared of more hardships, while being able to continue your prayers for your loved ones in His kingdom, whether you believed in Him or not at the time.

After completing the reading of the entire travelogue. I was amazed beyond myself to note the extent of the influence of DNA/genes on the next generation of offsprings. The following are some of the outstanding similarities between you and me: over the years I found myself getting more and more interested in nurturing and cultivating others who take my classes; in front of a group of people, I am not one to speak up first, but prefer to write out my thoughts; the interest in acting first encouraged by you in playing the part of

Hau Mou-lan has continued into a very quick grasp of how others are feeling in those I counsel. (After all a great actress is above all one with the superior ability to enter into the role she portrays.) Maybe the greatest difference lies in that you expressed in your writing and as I could also recall, such emotional concerns for your family members and friends, whereas I have, over the long haul, but especially in the last ten years, devoted more time to understand personality differences, and partly to help people understand themselves! Thus I am brave enough to conclude, science and democracy have promoted the prosperity and progress of materialism and so increased the sense of individual freedom and entitlement to possessing such pleasures, but not necessarily a freedom of the spirit nor greater tranquility followed by a willingness to love and serve those less fortunate!

Just suppose that you lived thirty years longer, what kind of life would you have had in being father's companion? Would you not have had to leave the mainland with pain like all of us ? Would it not also be your fate to be exiled abroad with no regular income to speak of? What could you have done worthy of your talent and concern? But the travelogue of close to two months dealing mostly with your outlook on education, inspired me to think more deeply here and now, how best I could serve our people, and to plant the seeds for a more solid foundation for spiritual growth and devotion to lasting values for the generations to come, insignificant as such thinking may be!

Your early, premature passing away with all your gifts scarcely used, turned out to have given me much greater space and time to explore the meaning of life, the boundaries of loving relationships into which I once threw myself when I devoured all those novels; but after midlife, to understand how to love and to grow in the capacity to love and care for others, and thus to outgrow the traditional attitude and shadow of only sweeping what are in front of my doors…

My very dear mother, your early death, as I see now, has not only created the opportunity for me, but also many others, to gain greater awareness of what life should be and a sense of renewal of what meant the most to you, to write on what really matters, but never for self-aggrandizement! The above thoughts are also my prayers until we meet in the arms of the Creator-Father in Heaven!

From now on your comments on education in the travelogue will often be in my reflections when I think of you.

Your, now very much at peace, daughter,

Hsiao-Ai

August 20, 2006

Mama

Do you see ten thousand miles of unruffled ribbons
shining silver from the moon?
And lying incumbent upon the rainbow's arch,
do you see pastel frost melting to paint the road?
Ribbons of road separate me in Shanghai and Mama in Dahli.
How can I forget the night you left us, to join Baba.
Not waking those left behind—that's me and Tiger and Dragon.
You are my best and only Mother,
Still, you broke your promise to bring me along,
taking Ai and Leopard instead, who are older than I.
I am one child too many for your long journey
to the interior safe from the Japanese warriors.
You left in the middle of night without waking us.
That isn't like you—Did you run from my tears and cries
that tear at your heart that loves each of us best?
Later you wrote to let us know you had reached Baba in Dahli.
Mama, you left too soon—long before you taught me how to read or write.
Now to reach you across a thousand miles,I need Aunt's help,
but she's always too busy.
I tell her about a dream I have over and over: of climbing up a mountain

looking for pears and honey, but there's never any.
I look for your letter each day in the mail box.
When it finally arrives, my joy overflows
and I want to give it to you,
instead of letting it hide inside the holes of lotus roots.
Mama, your letter is you—when I read your letter
I'm with you and you're sitting next to me—
You tell me dreaming of food simply means I am hungry.
Just ask Aunt to serve your favorite foods, you say.
Xiao Man, you also tell me you have too many Mothers,
Like Aunt and Chen Ma, Gong Gong and Puo Puo,
but of course you know I am your only mother.
Soon we'll be together again.
One day we will travel along a thousand miles of ribbons!
And Xiao Man, don't forget my heart grows fonder
the longer we are separated.
Now Mama, slow down—
Slow down.
Aunt is telling me I must wait to write you.
Mama, I think of you and your letters all the time.
They 're like stories that I read again and again.
I can wait so long as you and I are one—
And together we'll wait by the moon
and by the silver ribbon of the road.
Write me often, Mama—
Whenever you can.

I have memorized all the characters in your letter,
soon I will write to you by myself!

Memory of five-year-old Xiao Man(Little Full)
June Chang Tung

p.s.-Tiger is eldest, Kuo-liu
Dragon is second, Kuo-Chao
Leopard is third, Kuo-Kang

國家圖書館出版品預行編目

消逝的虹影：王世瑛文集 / 王世瑛作. -- 一版. -- 臺北市 ：秀威資訊科技, 2006[民95]
面； 公分. --（語言文學類；PG0114）

ISBN 978-986-6909-06-1（平裝）

855　　95019836

語言文學類　PG0114

消逝的虹影——王世瑛文集

作　　者 / 王世瑛
編　　者 / 蔡登山
發 行 人 / 宋政坤
執行編輯 / 詹靚秋
圖文排版 / 郭雅雯
封面設計 / 林世峰
數位轉譯 / 徐真玉　沈裕閔
圖書銷售 / 林怡君
網路服務 / 徐國晉
出版印製 / 秀威資訊科技股份有限公司
台北市內湖區瑞光路583巷25號1樓
電話：02-2657-9211　　傳真：02-2657-9106
E-mail：service@showwe.com.tw
經 銷 商 / 紅螞蟻圖書有限公司
台北市內湖區舊宗路二段121巷28、32號4樓
電話：02-2795-3656　　傳真：02-2795-4100
http://www.e-redant.com

2006 年 10 月　BOD 一版
定價：390 元

讀　者　回　函　卡

感謝您購買本書，為提升服務品質，煩請填寫以下問卷，收到您的寶貴意見後，我們會仔細收藏記錄並回贈紀念品，謝謝！

1.您購買的書名：______________________________

2.您從何得知本書的消息？

□網路書店　□部落格　□資料庫搜尋　□書訊　□電子報　□書店

□平面媒體　□ 朋友推薦　□網站推薦　□其他__________

3.您對本書的評價：(請填代號　1.非常滿意 2.滿意 3.尚可 4.再改進)

封面設計____　版面編排____　內容____　文/譯筆____　價格____

4.讀完書後您覺得：

□很有收獲　□有收獲　□收獲不多　□沒收獲

5.您會推薦本書給朋友嗎？

□會　□不會，為什麼？______________________________________

6.其他寶貴的意見：____

____

____

____

讀者基本資料

姓名：____________________　年齡：______　性別：□女　□男

聯絡電話：________________　E-mail：____________________

地址：____

學歷：□高中(含)以下　□高中　□專科學校　□大學

□研究所(含)以上　□其他________________

職業：□製造業　□金融業　□資訊業　□軍警　□傳播業　□自由業

□服務業　□公務員　□教職　□學生　□其他__________

請貼
郵票

To：114

台北市內湖區瑞光路 583 巷 25 號 1 樓

秀威資訊科技股份有限公司　　收

寄件人姓名：

寄件人地址：□□□

(請沿線對摺寄回,謝謝!)